译文经典

垮掉的一代
Beat Generation

Jack Kerouac

〔美〕杰克·凯鲁亚克 著

金绍禹 译

上海译文出版社

BEAT GENERATION

3-Act Play

Jack Kerouac

Jack Kerouac
c/o Sterling Lord
15 East 48th St
New York 17, NY
PLaza 1-2533

INTRODUCTION BY A. M. HOMES

THUNDER'S MOUTH PRESS
NEW YORK

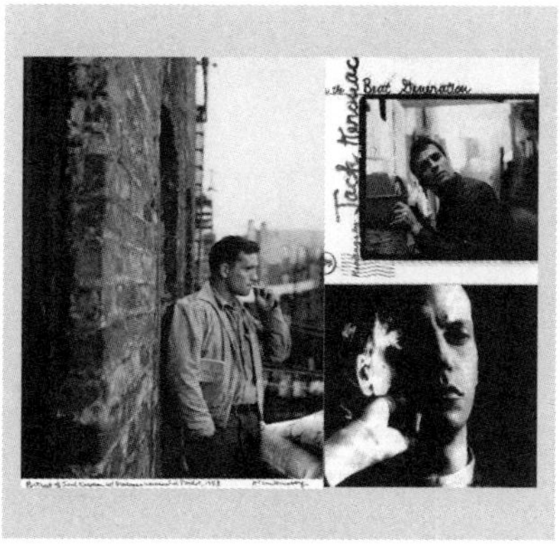
Beat Generation

序

　　要讨论这个剧本你须将它放在某一个文化背景之中——那是1957年，艾森豪威尔当时任总统，尼克松任副总统。戏剧的普利策奖颁给了奥尼尔的《进入夜晚的漫长一天》[①]，小说则没有奖。《西区故事》在百老汇开演，《留给比弗》在荧屏亮相。假如你进电影院，看的影片很可能就是《桂河大桥》，《十二怒汉》，或者《佩顿小城》[②]。国内方面，为取消校里的种族隔离而作的斗争仍在继续，而国际方面，俄国人发射了人造卫星一号，太空时代已经开始。那是1957年，杰克·凯鲁亚克的《在路上》已经出版——那一年出版的别的书还包括伯纳德·马拉默德的《店员》[③]，詹姆斯·艾吉的《亲人之死》[④]，以及诺姆·乔姆斯基的《句法结构》[⑤]。

　　这一时期，凯鲁亚克和他那一批作家都正崇尚和颂扬这"垮掉"的生活。据一些说法，凯鲁亚克早在1948年就自造了这个术语，意即社会习俗都已"垮掉了"，"陈旧了"，"过时了"。许多人还提出，凯鲁亚克使用"垮掉的一代"这一术语，源于对战后海明威的"迷惘的一代"的参考，但他的术语意义更加积极：垮掉的一代是摆脱偏见束缚的"极乐"之人——对凯鲁亚克来说，这是极为重要的佛教与天主教哲学的巧妙结合。

1957年，凯鲁亚克还没有像今天这样有名望——在当代文化里，如今他是一个像拉什莫尔山峰上的头像⑥一样重要或者

---

① 《进入夜晚的漫长一天》，是尤金·奥尼尔（1888—1953）1941年写的一个自传体家庭悲剧。写的是泰龙一家人1912年8月的一天的不幸生活。玛丽·泰龙吸毒回家，然而，她只见以前嗜酒的丈夫衰老了，两个儿子一个终日酗酒，一个是病病歪歪的知识分子。她戒毒并没有成功，仍旧神情恍惚。她穿上婚纱，沉湎于往日的幸福中，而家人却无助地想着这个家未来的毁灭。

② 《西区故事》是描述纽约城罗密欧与朱丽叶式故事的音乐剧。《留给比弗》是一部电视连续剧，讲述一家人父母、哥哥、弟弟的故事，弟弟西奥多即比弗总是麻烦不断，但在哥哥帮助下一个个化解。《桂河大桥》写的是第二次世界大战期间（1942—1943），亚洲丛林里一批英军战俘在日军逼迫下修建铁路桥的故事，影片表现了俘房们的机智。《十二怒汉》是围绕一起谋杀案的庭审展开的故事，陪审团的辩论展示人们的种种偏见，以及先入为主的观点之间的冲突。《佩顿小城》是珍珠港事件前后成长的一名女高中生的故事，她回顾当年新英格兰佩顿小城的生活，发现在表面平静的宗教气氛下，既有爱和激情，也有形形色色的丑恶。

③ 伯纳德·马拉默德（1914—1986），出生于纽约布鲁克林区的俄国移民家庭。作品大都以犹太移民生活为题材的寓言。小说《店员》是关于一个年轻的非犹太教徒恶棍和一个老犹太杂货商人的故事。1966年，因其小说《维修工》而获普利策奖。

④ 詹姆斯·艾吉（1909—1955），出生于美国田纳西州，哈佛大学毕业后从事创作，在《财富》和《时代》杂志当过编辑。《亲人之死》是艾吉的自传体小说，他去世后由别人完成，出版于1957年，获普利策奖。故事讲的是一家之主杰·福利特回家探望病中的父亲，路上遇车祸身亡，从此妻子、四岁的女儿和六岁的儿子命运剧变，尤其是儿子，明白了死的含义，树立信念，逐渐成熟。

⑤ 诺姆·乔姆斯基（1928— ），美国著名的语言学家，《句法结构》是他的生成转换语法理论的奠基作。乔姆斯基反对美国的越南战争和海湾战争。

⑥ 美国南达科他州拉什莫尔山峰石壁上刻有华盛顿、杰弗逊、林肯和西奥多·罗斯福的巨大头像。

更加重要的人物。1957 年，他仍然得益于某种程度的不知名——他暂时还是最纯粹的凯鲁亚克，也不是一个名人，也不是一个名士。

第二次世界大战的退伍老兵回家了，并且结婚，搬到了城郊，欣然接受并憧憬着美国幻梦与越来越多的欣欣向荣的文化，过着与邻居们一般无二的生活。与这些退伍老兵不同，垮掉的一代只是勉强度日。垮掉的一代没有什么可以失去的，即使跌下来也无所谓一落千丈。他们是圣洁的人，是沉思的人，是反物质主义者，因此他们是彻头彻尾的"公司人"的对立面。凯鲁亚克及其擅长尝试的同人，追求的是别的东西——一种自由。他们要遨游，要飞翔，要穿过时空，而不受任何的束缚。他们要在流离失所的人群中寻找高洁与解脱。他们还要过得快活，在赛马中赢上几个钱，喝一点酒，来个一醉方休。与平常人相比，他们是狂放的人——让人肃然起敬，让人惧怕。

凯鲁亚克的风格不仅仅在哲学上显得大胆；它还在语言学上形成了非同一般的冲击——是一枚粉碎一切的文学原子弹。他的一边是超常智慧的贝克特[①]和乔伊斯。他的另一边是反传

---

① 塞缪尔·贝克特（1906—1989），爱尔兰戏剧家和小说家，荒诞派戏剧的主要代表之一，代表剧作为《等待戈多》。曾获 1969 年诺贝尔文学奖。

统派作家：海明威，安德森①，以及多斯·帕索斯②。凯鲁亚克兼收并蓄，而且超越两者。

要读懂这个剧本，你必须客观地分析问题。现在是2005年，晾在那里的一长串杰克·凯鲁亚克的衣装即将拿出来，《在路上》的手稿正在游历美国。就在几个月前，在新泽西州的一间仓库里发现了凯鲁亚克的一个"新"剧本——三幕剧，写于1957年，是由凯鲁亚克慈爱的母亲加布里埃勒，也就是他的"老妈"打字的。

这个剧本从来没有上演过——当时将它搬上舞台的兴趣很浓，但却没付诸行动。凯鲁亚克在一封信中谈及他对舞台和电影的兴趣时这样写道：

> 我想做的事是改革美国的戏剧和电影，给它以自然的活力，不要做"情景"的事先构想，就让人们有如在现实生活中那样哇啦哇啦说话。这才叫做话剧：没有特别的情节，没有特别的"含意"，人们是怎么样的就怎么样。我想象着自己就像一个天使回到了地面上，用悲伤的眼睛观察实际的情形，我就是以这样的态度来写我所写的所有东

---

① 舍伍德·安德森（1876—1941），美国小说家，与海明威一样受美国女作家格特鲁德·斯泰因（1874—1946）的影响，是美国文学中现代文体风格的开创者之一。
② 多斯·帕索斯（1896—1970），美国"迷惘的一代"主要小说家。

西的。

《垮掉的一代》这个剧本使凯鲁亚克的作品中又增添了一部杰作。看看它会碰到什么样的情形那将是很有意思的——我不经意间就能想象剧本上演了，而且每一次演出都跟前一次极不相同——全凭你赋予这个剧本的新意了。

它是那个年代的剧本——这就是为什么背景至关重要的理由。剧本在点点滴滴的细节上使人想起田纳西·威廉斯[①]，克利福德·奥德兹[②]，偶尔还有阿瑟·米勒[③]的味道。然而，这些剧作家的作品严谨、规范，与之相比，这个剧本松散、不受拘束，它关注的是并列对照、相互关联、对白和思想之间的弹跳、爵士乐即兴演奏似的重复。

《垮掉的一代》幕启时是大清早，在鲍厄里[④]附近的一个公寓里喝酒——关于一天的第一杯酒的奇思异想。这是男人的世界——这些工人，火车的制动工，嗜酒如命的男人，他们每

---

① 田纳西·威廉斯（1914—1983），美国剧作家，早年作品受英国作家 D. H. 劳伦斯的影响。曾担任美国米高梅影片公司编剧。主要剧作有《玻璃动物园》、《欲望号街车》等。
② 克利福德·奥德兹（1906—1963），美国剧作家，二十世纪三十年代美国社会抗议派戏剧代表人物，"同仁剧团"创始人之一，主要剧作有《等待老左》、《醒来歌唱》等。
③ 阿瑟·米勒（1915—2005），美国剧作家，以剧作《全是我的儿子》而成名，代表剧作有《推销员之死》等。
④ 鲍厄里（the Bowery），是纽约曼哈顿下城的一个街区，因到处都是廉价的餐馆和酒吧而出名，是乞丐和酒鬼光顾的地方。

逢休息日就去赌赛马，他们嘴上老说"他妈的"，他们有一个姑娘服侍，替他们煮咖啡——妇女的解放还没有走进凯鲁亚克的世界。场景是已经消失了的纽约市，到处弥漫着刺鼻的烟味，下棋的男人，地铁高架路段的轰隆声，地下生活的感觉，通通都有点垮掉了。可是《垮掉的一代》一剧充满了音乐似的对白。

凯鲁亚克写作时文思迸发，喷涌而出的是这"自然而然产生的博普韵律"，即"爵士诗章"。这个剧本（以及小说）真是包罗万象，要什么有什么。它是撞车赛上挤成一堆的车，它是不断加速和慷慨陈词的爵士音乐剧——是碰碰车似的对话。《垮掉的一代》关注的是聊天，是友谊，是胡说八道，它关注头等重要的问题——生存。凯鲁亚克和他的粗鲁的人物——那些与流浪汉相差无几的人——想要明白怎么样生存，为什么要生存，然后他们恍然大悟，终于明白这样的问题最终是没有答案的，存在的只是我们所在的那一刻，存在的只有我们周围的人们。

剧中有流浪者奇遇，有转世投胎，有因果报应——凯鲁亚克将工人讨论灵体、报应、前世以及出卖耶稣，非常奇特、别具一格地结合在一起。剧中讲到思想所具有的力量以及摆脱信仰是多么的困难。剧中我们看到了对神的热爱和对神的敬畏——尽管凯鲁亚克热中于另一种宗教，他探索佛教和东方哲学，然而他永远摆脱不了天主教的濡染。

然而这个剧本有一种男性的妄自尊大，虚张声势。语言和人物仿佛在亢奋的愉悦中擦肩而过，而在这愉悦中人们感觉到了午后的燥热，闻到了赛马场的干草、马粪和啤酒的气味，听到了刹车片钻心的尖厉声，也感觉到了那种永远不能涤除的消沉与肮脏。

凯鲁亚克是让作家们进入流的世界之人——这个流是有别于意识流之流，他的哲学是讲投身潮流，开放思想接受各种可能的事物，允许创造精神渗透你的全身，让你自己始终与过程和内容融为一体。这是说要接受经验而不是抵制它；其实，这就是凯鲁亚克《在路上》那部小说中写到的那个天主教徒。

再谈一点比较个人的问题——没有凯鲁亚克，没有吉米·亨得里克斯[①]，没有马克·罗斯科[②]，也就没有我。我过去常觉得凯鲁亚克就是我的父亲（有时候觉得他真是），苏珊·桑塔格[③]就是我的母亲。我可以画出一幅逼真的家谱图来，亨利·米勒[④]和尤金·奥尼尔就是我的伯父，等等。凯鲁亚克在精神上、心理上、创作上养育了我——他允许我存在。

---

① 吉米·亨得里克斯 (1942—1970)，美国著名摇滚乐左撇子吉他手，出生于西雅图，英年早逝。
② 马克·罗斯科 (1903—1970)，拉脱维亚出生的美国表现主义画家。
③ 苏珊·桑塔格 (1933—2004)，美国作家、文艺评论家。她认为对于文艺作品的认识，是感觉的，情感的，不是理性的。
④ 亨利·米勒 (1891—1980)，美国作家，对垮掉的一代作家影响巨大。

毕竟，《垮掉的一代》是一本好书，是沙发坐垫下藏的宝贝。对我们这些对凯鲁亚克的书百读不厌的人来说，现在又多了一本。

A. M. 霍姆斯[1]

2005 年 6 月于纽约

---

[1] A. M. 霍姆斯，美国当代著名女作家，出生于华盛顿。曾为《名利场》、《纽约人》、《洛杉矶时报》等杂志撰写文章。她的作品被译成多种文字，目前仍在哥伦比亚大学等学校教授写作。

告读者：《垮掉的一代》的原始打印稿中有凯鲁亚克式无法模仿的标点、拼写和自造之字词。本书力求与原稿一致。

一幕

（场景位于纽约鲍厄里附近，清晨，站在厨房——简易厨房——里的一个名为朱尔的黑人和一个名为巴克的白人，他们正面对面地举起酒杯。是小酒杯，巴克说道：）

巴克

行朱尔，来一句吧

朱尔

每每称奇工艺巧，粗粮妙手变酴醿①……

巴克

哇！……再来一句……嘿你喝得好快！

朱尔

畅饮吧！因为明天也许你要融入昨天的七千年……

巴克

可是这一句诗不对，你没有理解整首诗的意思②。你还记得别的诗句吗？

朱尔

现在记不起来……坐，老兄

巴克

好吧朱尔……我现在是坐在朱利叶斯·昌西家的厨房里，是1955年10月的一个清明凉爽的早晨，一天里第一壶酒的清纯，呃……你知道朱尔，什么都找不到，根本没法子再给你制造你早晨醒来时喝的这第一杯垫底酒的力度，可是，全世界的

---

① 这里引的是波斯著名学者、诗人欧玛尔·海亚姆(1048—1122)的诗句。海亚姆对社会与人生的看法不受伊斯兰教真主创造世界观点的局限。他的诗中也有"人生苦短，及时行乐"的味道，恐怕这也是垮掉的一代作家诗人喜欢他的《鲁拜集》的原因之一。

② 朱尔意指因明天可能作古而畅饮，而原诗却是借酒消愁，勿论明天。试把整首诗翻译如下：纤手斟来清且醇，新愁旧恨化为春，平明何急纷繁事，融入千年又一人。关于"七千年"说法不一，一说是指第一个男人亚当被创造以来已有七千年。

酒鬼咕嘟咕嘟一大口一大一大口……还要还要还要再找那个找不到的感觉，因为这种感觉只能出现一次……我说得对吗？……来我们再引一句诗，朱尔

朱尔
不行我没兴趣了

巴克
哎我们来吧，再来说一句（饮酒）……不知道米洛现在在哪儿

（门开了，进来的是米洛，他是一个中等身材黑头发的家伙，一身火车制动工的制服，安全帽，套头帽，蓝色工装，一个口袋里揣着赛马成绩表，另一个口袋里是《圣经》和别的书，几支笛子从口袋里露了出来，跟着他进来的还有另一个火车制动工，但这人身高有六英尺六，从头到脚穿戴整洁，胡子剃得清清爽爽，完全一派列车长的装扮，后面还跟着一个四英尺十一的小个子也不能算是个矮子一身套装，没戴帽……他们是米洛，斯利姆和汤米）

巴克
嗨你们来了，我知道你们会到这里来的……哎呀呀你瞧这些火车制动工的工作服……酒鬼和制动工大清早聚到了一起，哦？

汤米

喂巴克，老兄，怎么样哥们？……你看我可以靠桌子坐吗维基？

（——是一个姑娘，白人姑娘，听见客人们到了，就从隔壁房间走出来——）

我可以靠桌子坐把今天这几匹马解决解决？牙买加那儿我今天有几匹马在跑我自己要有空就出去到赛道上照顾照顾可是两点钟还要到瑞克去办点事妈的

米洛

行汤米……你挪到那边去一点，汤米伙计，行了巴克就坐地板上我也坐地板上跟高个儿老斯利姆·萨默维尔在这儿继续我们的七局四胜世界国际象棋锦标赛（看看维基）……啊这是我一大早最想看到的，孩子们。你们有咖啡吗维基？

维基

有我们有，我在这里热一热

米洛

咖啡里稍微加一点糖维基亲爱的

维基

是先生

米洛

哎你听我说，伙计巴克，（取出棋盘和棋子），照你说的这是真的，上帝就是我们，就是我们，就在这里，现在，正像你说的，我们根本没必要跑去找上帝因为我们已经到了那里了，可是巴克现在真的要面对了老伙计那条到天国去的他妈的路是一条漫长的路……

巴克

哎，那是说说话儿……

米洛

老兄我们依托我们的灵体出发，哥们，你知道鬼朝明亮空茫的夜走出去的时候是怎么走的，是笔直地走的，然后他游荡的时候，因为是鬼魂出身又不了解规矩他就开始扭动左右摇摆，那就是说，很像 H.G. 威尔士①说的女佣在大厅里扫地的样子，左右移动，探索迁徙的动物是怎样前进的，你知道

---

① H.G. 威尔士(1866—1946)，英国科幻小说作家。

吗？……

维基

你们又在说什么！

米洛

于是灵魂一样地飘来飘去,他将要迁徙到下一站或是到火星那一层上去,在火星上他撞上了他们的所有层次你明白吗,可是以鬼魂特有的互相……这个字你怎么说,互相渗透的速度

巴克

那是说说话儿

米洛

对……对……可是后来——行把棋子摆好了斯利姆,我就要——我跟你说怎么走,我执黑棋,你执白棋,我今天给你一个机会因此现在巴克你听我说,有一个家伙他浑身有非常恶劣的背叛气味,实际上他就是后来的犹大这个人,他会,或者说是人们会辨识出来,辨出他来之后在街上转身就走并且说"刚才走过去的叛徒是谁？"他一辈子都生活在人们的咒骂声里,这是他要还的债是报应,因为他为了几个银钱出卖了耶稣……

巴克

说说话儿……我一遍遍地说"话儿"米洛和我真是这个意思，我是在想法子要你们说"上帝就是话儿"……仍旧都是话儿，对不对？

米洛

不对不对不对不对不对不对不对不对不对不对不对……等到那个灵体游到土星上之后那里的有一些条件就是千方百计地 ……就要想方设法把他变成一块石头什么的，你可得要留心哥们，你想要把他变成一块石头？

巴克

你认认真真地告诉我米洛，那人在天国有没有找到上帝？

米洛

他找是找到了，不过他走了好长的路，经受了好多的磨难，你知道……哼（文绉绉地点上一支烟）

巴克

啊话儿

米洛

像你说的是话儿

巴克

要不就是鸟儿……

米洛

终于，那人变得纯洁了没有一点儿脏的东西就像从来没有租给人家穿过的衣服一样干净，确实到了天国回到了上帝的身边，你明白我为什么说我们现在不在那儿的道理了

巴克

现在我们怎么避免得了不到那儿去？我们不可能到别的什么地方去……这个世界，或者天国，就是那个样子……报应我们是逃避不了的……天国那是很肯定的，米洛

米洛

啊啊……行斯利姆该你走，你是白棋

汤米

哎米洛我算好的方案你要不要看看？

米洛

不看，我什么都不用看，我跟你说我有主意了

朱尔

那几匹马吗？……你已经把马都安排好了，你是怎么安排的？

米洛

坐这儿斯利姆，这些都拿出来，啊……我们都把剑拿出来对阵厮杀……兵吃王四？上帝我知道怎样对付你，我要把《圣经》放旁边万一要给坐地板上的巴克老兄引上一句两句，他是个不信仰基督教的人……维基你那咖啡煮好了吗，只要放一点点糖就行，你知道，不要什么特别的，除非巴克想跑出去用那个酒钱买猪肉排条他是要拿这钱出去买酒的

巴克

不行不行，你要把今天的成绩表都看一遍，专找赢过百分之三十三场赛的马，特别是这八天来跑的减轻载重量的还有最善长跑的距离，其他几项……

米洛

兵吃王四，呃？……那样的话我就上一个马，我就上马

斯利姆

马吃象五

巴克

我跟你说过多少次了米洛你赢不了这些马，我老爸就是这样赌输的老兄……当然过了好多年之后他一遍遍地说他之所以赌输是因为大家一哄而上什么的可是……那也是一哄而上的同注分彩赌法之故，哥们

米洛

没错没错，你走，大个子

汤米

跑一又十六分之一英里正好一分四十三秒而今天一又八分之一英里，我不知道，我不知道他能不能再坚持……再坚持十六分之一英里

巴克

背负着一百七十万百万英镑的税他才会发现一些……

米洛

懒鬼查利，懒鬼，唉你，老兄，为什么不知道他们发现那家伙

死在赛马场他口袋里还放着四万美元没有兑现的赌券，他把这
个数目算出来了——等等等等哥们，听我说——宝贝行，就放
一点点糖，对了，行，很好很好

维基

要鸡蛋么？

米洛

鸡蛋，鸡蛋……好，好，好，太好了……唔,比唐人街的好多了

维基

还有谁要？

米洛

单面煎,再来一杯浓的热咖啡一起喝,你知道,再来一点咖啡我
喜欢滚烫的咖啡

朱尔

(唱起博普爵士乐)斯沃普斯沃普第得尔呀第多

汤米

要找一个洞洞好让他溜进去，你知道吗？

朱尔

昨晚你找到我的小妞了吗汤米，呵汤米你碰到了一个漂亮的小妞了吗她喝得烂醉躺在人行道上你把她领回你知道，你知道，领回你屋里去了

汤米

不是昨晚朱尔，我当时——刚刚在粉色天使喝过几杯啤酒里边有几个妞儿不过我不大看得上，酒喝得太多了

朱尔

你昨天夜里有没有跟哪个浪女人来过汤米？有没有有没有有没有？

维基

喂朱尔!

朱尔

来点儿劲，伙计，来点儿劲!

巴克

来呀

朱尔

来呀

米洛

哎懒鬼查利老兄你们知道吗——

斯利姆

——那好我就走这个象——

米洛

——他就在俱乐部大楼休息室里坐着你们知道,到了赛马开始,他就跑到五十元赌赢窗口,等警钟一响查利老兄眼睛随便一瞄,看谁是第三选就把他的钞票押上……这就是我今天为什么要到赛马场去的道理因为哥们我告诉你们,——没看出来吗真的这都真的是事先替我们策划好的我们要做的就是到时候朝里边挤……这就是为什么我说我今天要到赛马场去的道理,我是要把钞票赢回来,除了这个之外——我输掉的钞票,你们知道——我要跟你们说点儿事,有多少回我跑到那个赌赢的窗口问那个人要五号因为有个人刚说过"五号"而我原先想要的票子是二号,你们知道当时我站在那里朝四周张望,我并没有按照懒鬼查利说的做法买二号我买的是五号。

巴克

你干吗不直接说"给我二号我不要五号，我说错了"……难道他不肯退还给你吗？那个卖票的人不肯吗？

米洛

嘻，哎呀……因为当时有个魂灵体告诉我说五号，我觉得他是要帮我一下——

巴克

有时候不过是听到心里边想的话对吗？

米洛

就是，他预先知道了赛马的结果很有把握的说不定是要我赢或者要我输，老兄，难道你们不觉得我不懂，哎呀哥们，我——你们知道懒鬼查利从来没说过他会放弃第三选

巴克

这么说至少你知道那个魂灵体是要叫你输的因为你说第三选是万无一失的！

米洛

是的

维基

是些什么样的人？

巴克

什么什么样的人？

维基

那些魂灵……那些魂灵体

米洛

什么样的都有……那股气味，气味，比方说我跟你们说过的那个叛徒，把马路上走的人一个个都吓跑了，那气味说明想象中的吃人妖魔会现身的他沿着马路走，大家都知道他前世就是一个大叛徒，他背着那个叛徒一路地走——

巴克

对，那些下流的大鬼发胖开来沿着马路一直走下去走向无边无际的天空，哑，哥们，米洛你在说什么呢

米洛

喂你听着听我说老兄我准备说一件事情给你听听，嗯，老兄你知道耶稣基督他降生在这人世间的命运就是要明白他是圣子指派他为人类的平安，为人类永久的平安而死的，这都是早就安排好了的，即使是犹大……

巴克

那么，蚂蚁的生命也都是事先早就安排好的吗？

米洛

不是，蚂蚁可不是。耶稣，知道的，他是知道的，死在十字架上，那就是耶稣的命运，你难道不懂吗？……你明白这个意思吗……

巴克

好吧

米洛

所以说，啊，再来说说懒鬼查利……你们瞧现在那查利潇潇洒洒不用流汗，也不用在人群里挤进挤出，哥们……他收好还没有兑现的赌券——

巴克

——呜呼哀哉了

米洛

对是这样，于是从此以后命运叫他怎么样他就怎么样……呃，下一个星球，或者下一个氛围，但是不管下一站他要到哪里去他到什么地方就做什么事……他什么都不用操心……回到地面上编制一套办法来骗那些马儿然后又离开地面。

巴克

你拿的是本什么书？

米洛

说艾德加·凯斯①的书……

巴克

是艾德加·凯斯，你知道艾德加·凯斯①吗，朱尔？ 他是俄克拉何马人你知道这家伙跑进一个病人的屋里，走过那个病人的床边然后松开领带仰天倒在沙发上，他老婆坐在床边手里拿着

---

① 艾德加·凯斯(1877—1945)，美国人，据说是一个在催眠状态下，躺在沙发上两手捧腹，能知天知地，预言未来的巫师。

铅笔和一个本子那个病人就这样躺着，嗯，凯斯这家伙就这样进入了催眠状态，终于老婆开口说，"艾德加！"当时他已经进入催眠状态，"米吉特·布鲁布鲁硬邦邦的屁股肉上怎么会有血栓静脉炎呢？他做了什么要遭这个罪，他这病要怎么治呢？"

米洛

就是

斯利姆

这是怎么回事？

巴克

艾德加·凯斯……嗯，那艾德加·凯斯躺在沙发上嘴里说"艾德加得沃普得沃普前世在这儿——"

米洛

前世没错……白子走

巴克

"——他是特奥蒂瓦坎①老城山上的阿兹特克人②祭司，那里的

---

① 是哥伦布发现美洲大陆之前美洲最大、最重要的城市，位于今墨西哥城东北约33公里处。

② 今墨西哥人，十五世纪和十六世纪初，曾于今墨西哥中、南部建立帝国。

人从他扑通扑通跳的心脏里放血，而他放的受害者的血还要多血一桶一桶地喝还有血还有木屑还有火光，最后呢为了赎罪让他重新投胎但是这一回他的血太多又黏在血管里结成了块于是他要好好算算自己的命，他活该的命，他自己招来的命，现在他就要用受罪来赎罪，他必须为此作出偿还，这就是为什么他会得这种血液病的缘故……"就这样，然后——

汤米

嗨，这只鸡蛋有血块!

米洛

扔掉它!

汤米

那是里边有小鸡，我可不能扔掉它……

巴克

可是艾德加·凯斯怎么从来没有预测过赛马呢?

米洛

因为，老兄，那是另外一种情报，一种完全不一样的情报，现在，现在他治好了那个人的病，正像你所说的，他找到了他生

垮掉的一代 | 019

这个病的原因，然后他对症下药，不管是什么方子，因为这个情报否则的话——他是会——预测赛马的但是他没有，或者说不愿意，因为这叫天机不可泄漏，今天晚上你们都可以知道了，哥们，我跟你等我今天押的全部赛马至少都赛完了，整个比赛明天都可以精确无误地做好了准备，就一匹，那我们就爬上那列火车老弟到我的车厢，欧文、你还有保罗在那儿等着，而我还觉得这个曼纽尔也会跟我们一起到赛马场来的，对吗，还有保罗——这样我们就开着车子到我家，主教今天晚上要来跟我们大家温文尔雅地谈谈

汤米

主教？谁是主教？

米洛

就是那个哈托里主教⋯⋯

斯利姆

啊你是说科拉常去听他演讲的那个人

米洛

是呀，你知道，那个——给了他我的——上帝呀她把我唯一的一盏漂亮的落地灯给了他，弄得我客厅里黑糊糊的看也看不见，唔

巴克

落地灯？ 派什么用场？

米洛

呃，他演讲厅里用的

巴克

这人是什么教堂的?

米洛

啊是改——是新，啊，阿拉姆教堂我听人家是这么叫的

巴克

你是说今天晚上我们都要去见见这个人？

米洛

在我家

巴克

他穿什么衣服?

米洛

呃，他穿黑色长袍，胸前挂一个大十字架……还是一个大小孩二十八岁，十足的爵士音乐迷……他会跟他的两个老姑妈一块儿来，你知道……

巴克

还有欧文……保罗……跟大伙儿吗?

米洛

对，还有你，还有……别的人。啊，科拉里里外外地打扫整天地忙着布置还要寄明信片兴高采烈的还要再多弄几盏灯……

巴克

哎呀，上帝啊，我不是——心里想的是赛马可是我跟一个主教有什么关系呢

米洛

啊你要说什么就跟他说，可以跟他说说实情——实际上他是什么都懂，哥们，他这人妈的没有什么他不知道的……奥罗宾多①，

---

① 奥罗宾多·高斯(1872—1950)，本名室利·奥罗宾多·高斯。印度教先知、诗人和民族主义者。是通过精神进化使宇宙得救的哲学的创始者。奥罗宾多深受印度诗人泰戈尔崇拜。

你懂吗

维基

朱尔，碟子不够了

米洛

没关系宝贝统统盛一个碟子里我们从当中切从边上切这么多人
吃都是狼吞虎咽的

巴克

我已经醉了，昨晚跟马圭尔喝酒就已经喝醉了在朱尔家的沙发
上只睡了几个钟头还要我去见主教吗？要举止得体一点吗？我
怎么办还要到赛马场去吗？

汤米

啊你发什么牢骚巴克，你日子过得挺不错啦，我从来没有看见
过你出多少汗

巴克

我该出汗的时候就出汗。喂米洛，欧文现在在哪里？

米洛

我们六点十五分从赛马场乘火车回家就可以在车厢里见到他，我把它停在那里，我不当班

汤米

切斯特菲尔要赢第六场的，上帝啊我要押他身上

米洛

第三选没有——象吃车五——第三选连续两天没进场了也就是说正好有十七场他没有参加，我可以打包票他今天肯定来毫无疑问假如他今天不来那就是连续二十五天不进场了这在牙买加赛马场，还是在别的地方，可从来没有听说过，不过懒鬼查利说在特弗赛马场什么的诸如此类他有时候可以连续三十天不露面哥们这时候你可得在银行里放一点储备金，的的确确

朱尔

啊，你干吗要赚这么多钞票啊，我的意思是说人人都喜欢钞票可是那都是嘴上说说的，哥们…… 现在你在铁路上干活一个月挣六百五十块钱你有女人，你有家，你有孩子，你还一个劲地讲钞票

米洛

那倒不是为钞票，不对先生，根本不是，这是慈善。你瞧巴克你要到加利福尼亚赛马场去，是吧，我要——我要汇钱给他还有——那个新英格兰赛马场那是——还有汤米的佛罗里达赛场，还有托米老兄爱寻花问柳的见了南边佛罗里达的年轻姑娘就要摸摸人家屁股对吗？还有朱尔老弟别忘了他要到芝加哥赛马场去从那儿到圣路易斯的家就近了还可以会会他那里的那些风流娘儿们……再往南到新奥尔良，等到我把欧文教会了懂行了就送他到那边去，你知道那要等到最后他眼球黏在赌金计算显示板上了，老二到时候会送他，保罗，到那边对吗？他的老弟，我们要送他到俄国那边的赛马场去，还要找一个墨西哥人去了解阿瓜斯卡连特斯①的赛马老兄，过不了多久我们就要派遣马龙·白兰度②到法国等地的赛马场去看看，这样我们就会有一个哥们的网络，一个百万美元的组织，我们就可以建造一间间施粥屋，还有寺院，投入那一切羯磨③你知道你明白，将它打算好死了以后就消失带走能够让我们融入未来的东西，融入我们在外太空的未来生活，还有一种新的——声誉——然后把一切都扭转过来，因为你知道老兄要做所有这些应该做的事

---

① 墨西哥中部的一个州。

② 马龙·白兰度(1924—2004)，美国著名影视演员，以出演《教父》等著称。

③ 羯磨，也称业，佛教徒称一切行为、言语、思想为业，分别叫做身业、口业、意业，合称三业，包括善恶两面，一般专指恶业。

情时间不够啊，钞票不够啊，只有你确实明白——他妈妈的这个兵不能待在这儿！（啐，捋去兵）——喂小子你那些鸡蛋要不要替你帮个忙老弟？唔，啊？就因为汤米比我小就把鸡蛋先给他，这算什么意思，我不是说我不像他那样肚子饿，你知道

朱尔

巴克你去买那个大号三明治

巴克

我还缺三分钱呢。米洛给我一个五分

米洛

我给你一个五分，明天假如我派你到牙买加赛马场去谋划谋划，第三选今天不中明天肯定赢明白吗，今天我们一起去……假如今天不成功那你明天肯定要到那边去按比例抽头！

巴克

行米洛，一言为定

米洛

那我明天就给你三百块，外加三角八分买一个大号三明治一小瓶酒赛马结束你就可以坐在草垛上喝了

巴克

没错赛马结束我就坐在干草垛上喝酒，看着骑手开着凯迪拉克扬长而去，看着飞机在埃德怀尔德降落

米洛

对老弟，飞机降落在埃德怀尔德那么多的钞票都在天上飞

巴克

明天你自己为什么不能跟我一起去?

米洛

明天是星期六，我要出车到蒙托克，三角八分老弟，到蒙托克然后回来

斯利姆

我上亨廷顿市郊慢车

维基

你要煎嫩一点还是老一点?

米洛

随便，宝贝，我的硬你的软

巴克

那个模特怎么了，我们上周见到的菲律宾人要给她照相的那个

汤米

哪个模特？

米洛

啊我碰到那个中国姑娘了，一直没有见到她

汤米

哪个中国姑娘？

米洛

她拿了我的维克多留声机，她什么都拿走了，《凌晨静悄悄》唱片还有威勃柯三速唱机……老兄，我真是悔不该，唉

朱尔

要不要开车出去兜兜？

巴克

你去么?

汤米

走啊,哥们,走,我真想热闹热闹……

米洛

(唱)好日子,好日子,我看出来了今天的确是我的黄道吉日,得克萨斯埃尔帕索一败涂地的司轧员我把他逼死了,六英尺六的个头从冰冷的山峰冷眼看着我把他困在长长的工装裤里,十有八九你死定了斯利姆,哥们

斯利姆

我看是没棋了

米洛

将死了,老弟,将死了……现在你这儿动不了啦……你只有一步棋可以走不过我,当然,不想告诉你什么棋,我估计过一会儿你就会明白不过我现在不想告诉你是什么棋

巴克

就要赢世界大赛了?世界大赛第一局吗?那个象是怎么回事

米洛

嗬！哪个象

巴克

啊，是将军

米洛

真是将军

朱尔

皮球就是这么蹦的

米洛

(伸手抹棋子)我们走啦！

斯利姆

哎等等，等等，再等一会儿，把棋子放回去，我有办法了，将
不死的……起码你可以把那个马放那里给我看看位置，你没有
放回去，不过我看得出——假如那只马放回那里……马在哪
里，放回那里

米洛

这儿?

斯利姆

不对，不对，那边……呃，还要近一点，黑格子马，象在那儿

米洛

象在这儿?

斯利姆

象不在这儿?

巴克

现在怎么说得清楚?

米洛

我们走了上赛马场懒鬼查利先到(这时米洛开始把棋子装到箱子里的口袋里)赛马场俱乐部大楼弯道等着那是你的——谢谢宝贝，煎的鸡蛋真好吃松软而轻盈(正好姑娘端着鸡蛋进来)唔就像我家那口子做的布丁，嚯!……喂听我说巴克老兄你这个老狐狸那个酒今天可不能喝醉，因为老兄，我们要——谁有香烟吗，我的刚抽完——要到那边去，今天我们有事情要做

巴克

干掉第五杯，朱尔

朱尔

喝吧

巴克

行，还有一点

朱尔

你还是要喝，你还是要喝，你还是要喝（唱）……嗯……就是啊最最棒，最最棒，最最棒……

（朱尔走出去，关上门，他到外面去弄酒）

米洛

黄油，黄油！黄油在哪儿？这儿没有面包吗？这儿没有讽刺剧小妞和别的什么了吗？在奥林匹克大赛中完成比赛还有立定跳远都是我一个人完成……我在寻找你们的目光，那是在阿克伦，要瞥一眼你们的眼睛……

斯利姆

我就解决这一块黄油……我就要这一块黄油，好好地涂上黄油，慢慢慢慢地吃，碟子这边归我

米洛

我吃这一边你可不能闯入我的地盘，那边的蛋黄你可以吃一点，兄弟

斯利姆

好吧蛋黄归你，那个曲奇是我的

米洛

曲奇太好吃了！啊！哇！真不是个玩意儿，快吃快吃！……现在哥们来不及了（看表）……你那个老爷表几点了斯利姆……没时间了。

（两人都看表）……你的表准吗？

斯利姆

四十二分

米洛

我的四十一分半……妈的……四十一分四十五秒……谁准谁不准……咖啡啊咖啡，呼噜，热气腾腾的咖啡我最喜欢了我跟你说呀，汤米，咖啡，你在那里盘算赛马好比你在洗那脏内裤，那是白费时间，老兄，我跟你说的是懒鬼查利，他是对的

汤米

你听着小子，我赌赛马的时候你还没钻出娘胎呢，你可得记住，我年龄比你大多了

巴克

你们听说过汤米和丹尼斯赌赛马的故事吗，米洛，当时汤米要送一尊佛像到河滨大街去，佛像就装在水手袋模样的袋袋里，而他又要投每天的复式赌注，到点的时候急忙赶到赛马场，只见丹尼斯跟几个漂亮小妞坐在俱乐部大楼里，他们看到这个小个子背上背着一个空的大袋袋，在人群中急急忙忙地钻过来，那小妞转身问丹尼斯，"汤米背那个大袋袋干什么？"丹尼斯回答说，"汤米把今天赛马下的赌注算得非常地准，他觉得要背一个袋袋来。"

米洛

妈的

巴克

那小妞还真信了！

斯利姆

背了一个大袋袋来装钞票，嗯？

巴克

那小妞还真信了！

汤米

不完全像你说的那样

米洛

还要黄油吗？行归我了……哎哎，等等你说到底几点了？四十三分了对吗……见鬼我就听你们说是几点几点天呐这儿……对了先生……没这么厉害，正面，侧面，漂亮的小屁股，软软的神魂颠倒的

汤米

说谁哪？

米洛

哦我是在看报纸上的照片，软软的神魂颠倒的，那是我自己这么觉得，这么漂亮的妞不该是板着脸的，唔?

巴克

还有一个，啊她倒真算是一个甜妞（从米洛的后面伸过脑袋来看报纸）

米洛

在哪里哪里?

巴克

她不见了

米洛

啊哥们，吃吧……吃吧……哎呀（伸懒腰）哎呀……孩子们……这种傻事……时间来不及啦，现在四十三分半了哥们准备走吧?

巴克

朱尔怎么办?

米洛

哦他赛马场不去，老兄我正好还有二十八分钟去办事，路上我还要带你们去看看那个可爱的小甜妞，正好也可能还用不着这么多时间，完全，大概，嗜我不知道，大概，假如她在家，我们只要也许我们只要一分钟（烟灰缸落到地上，他把它捡起来）……呃可是哥们，在朱利叶斯·昌西家的厨房里傻站着，那我们不是与世隔绝了吗，我们得赶紧走啊……是的先生，我们准备走了吗？唔，呃，瞧见这个了吗，这可是一个可爱的小甜妞哇，你们听见吗——瞧见那可爱的短裙子了吗？全都是因为你那个曼努艾尔的鬼主意，巴克，那个你要我们跟他一起到赛马场去的人，现在好了我们到赛马场要迟到了我们要——

巴克

曼努艾尔是个了不起的人

米洛

我的意思是……假如我们一定要去找他就没法去看那姑娘了

巴克

我向你保证，我知道。

米洛

行，哥们

巴克

你为什么讨厌他?

米洛

有那么一些人你知道对你没有什么好处，他就是这样一个人

巴克

为什么? 他们是卑鄙小人，可是曼努艾尔是个了不起的诗人，是个好样的

米洛

不管你怎么说可是我还是看不懂这个人

巴克

为什么，因为他老是在那里哇啦哇啦大声说话? 他说话就是这副样子

米洛

不是因为这个……就是，哥们你不了解我吗，我知道，我认识

他——可是——

巴克

啊他是个好人，他不是那种——他是我们的朋友

米洛

朋友是交—往

巴克

好吧

米洛

我看我们这个时候该……这些人都到哪里去了？……嗯，你坐这儿我坐那儿，然后我们就过去我们一起去看看我的小甜妞然后我们再去叫那个曼—努—艾—尔跟我们一块儿到赛马场去现在我们正好还有时间汤米来一个——不过还是再等一会儿……我们还有三分钟，最多两分半钟，行了我们要想办法的是给巴克弄一个短笛——等一会儿

汤米

我这儿有一个

米洛

行你们有了，这样——我们要来一个三重奏，我跟你们说过那个故事——从前坎努特国王（他们都取出笛子）派了一个人来，这人的那个玩意儿上长了肉瘤，他在肉瘤上敷了药，这一下他撒尿的时候，握着那玩意儿就像拿着笛子一样，听说过没有？我跟你们说过没有？

（每个人都哈哈大笑，兴致勃勃）

你们没有听过这个故事？我们要听听，还有我们要听三重奏，我们轮流着来——你吹白的短笛，巴克你吹黑的短笛，我来吹小鹅笛，一分钟后你吹小鹅笛，大家轮流着吹明白吗，这样就不会因为家伙不好吹得难听。坐下来！我们坐下来，四重奏，贝多芬——来吧，弦乐四重奏哥们——呃这是单簧管三重奏，明白吗（调试）

汤米

谁来传授他的技艺

米洛

传授技艺嘛维基她自己会的

汤米

她在听吗?

米洛

别,别,我们就三路吧……

汤米

要配合一点

(斯利姆把煎锅翻过来当鼓敲)

米洛

听好了,哥们,咱们可不来货真价实的大麻烟鬼那一套把戏——咱们得像模像样来个弦乐四重奏,不用打击乐,不用爵士切分音乐,都不用,明白吗,咱们就这么消遣消遣明白吗,像模像样来个弦乐四重奏,明白吗,不过他就去一边独奏吧,你知道像你刚才那样,打击乐独奏,明白吗——一定要做到大家都明明白白(移了椅子,脸朝维基……开头的音,笛子的挑逗)

嗨哥们,嗨,软软的那一个一定要做到你那玩意儿要听得见,靠近一点让维基听得见

汤米

我这玩意儿听不见……

米洛

怎么会呢听得见的，你那玩意儿声音最大，你要这样坐，巴克差不多，还可以朝那边转一点儿，我要不停地朝那边转，来吧来吧，再吹起来，吹起来（疯狂地哈哈大笑，哧哧地笑）我不是有意打断，这都是因为你们这些家伙……

巴克

哦就像你说的都是一个样

汤米

嗨我得找一个姑娘来激励一下

米洛

（吹笛）真正，啊，真正了不起，我吹着吹着就想起那些玩蛇的来了，然后我又想起那个，嘟，嘟，嘟，所以我要给你们大家来一个顶呱呱的独奏，我的顶呱呱的独奏就要开始听好

汤米

啊，强奸引诱者！

米洛

准备好了吗?

(宣告:)印度种植园的强奸引诱者……

(三个人一起吹,斯利姆拿着煎锅听)

音调清晰!

汤米

啊!

米洛

一个特点

汤米

是的大人

(他们吹奏)

米洛

慢一点,哥们,慢一点(慢慢地吹奏)现在交换! 大家交换!

（一把抓过汤米的短笛）

汤米

嗨！

米洛

咱们得熟悉熟悉各种乐器

汤米

嗨真是的嗨

米洛

不不，就像咱们——嘻嘻——来呀继续，音乐，对了（把小鹅笛
递给查利）

汤米

这个小洞洞是什么？

米洛

是这样的看见吗

汤米

喂这个小洞洞是派什么用处的？不会是——那到底是什么洞洞嗨!

米洛

从来没见过这么小的洞洞吧

汤米

这就是那个小洞洞吗?

米洛

就是这个小洞洞，七个奇妙的小洞洞，七个奇妙的福音

（汤米试吹）

净是一股气……只有呼呼的气……小洞洞在这儿……这就对了

斯利姆

嗨米洛，来不及了!

米洛

走快走(拿起棋盘，棋子，《圣经》，赛马成绩表)大家走吧!

巴克

再会了维基，再会，再见。来不及啦

维基

怎么啦?

巴克

来不及啦!

(他们急急忙忙出去。大约过了十秒钟姑娘在椅子上坐下两手捧着脸哈哈笑起来……这时门开了她丈夫朱尔走进来)

维基

(抬起头来)米洛来不及

朱尔

时间来不及啦! ……你知道巴克说什么了……

维基

……你想说吗?

朱尔

——亲亲她的肚子！我打包票，今天我看看能不能想个法子让你来一点那个东西^①……好了现在我要喝一杯酒……太平洋到底有多少沙子要搬掉，每一回你在全部空间的空旷里倒进百万加仑的酒，也不会有什么反响。（饮酒）

---

① 原文为 H，英语口语指 heroin(海洛因)。

二幕

一场

（第一场赛马……三人勾着手臂，米洛走在中间，穿一身火车制动工的制服两个手臂一边勾着巴克一边勾着新的哥们曼努艾尔这时曼努艾尔说道：）

曼努艾尔

哎伙计，哇，你本来说好了十二点整来接我你可迟到了半个钟头了……

米洛

半夜里

曼努艾尔

半夜？你跟我说过，妈的，你要去——是啊我知道你，我知道这些都是阴谋，到处都是阴谋，谁都想来揍我的脑袋要把我的尸体扔进坟墓里去！……上一回我做了一个关于真理的梦就是你们，就是你们，就是你们两个，不过，更多的是金鸟，尽管，都用甜言蜜语来安慰我，我就是安慰的人，我朝着吃力地从我身边走过的小孩子们提起我的神裙，我变成了潘①，我给他们吹起了活泼动听的曲调，就在一棵大树底下，你就是那棵大树……米洛你就是那棵大树！我现在看得清清楚楚，我说的你都听不懂！

米洛

哦，啊，说得非常好老弟，这都是一个时间差的问题因为你看见一个行人或者一辆小车或者眼见撞车就要发生的时候，实际上什么都不会发生，假如车子不避开你就得多留点儿时间差保证给他们留出时间不过一般情况之下十有八九哥们他们的灵魂会避开的老弟这就是为什么在上边他们卷雪—茄—烟的那个厅里都算计好了的！

曼努艾尔

哎！米洛我真受不了，你，你净给我讲些奇谈怪论，真会捉弄人，不会有什么结果的，我不说了，我放弃——第一场赛马是几点钟，哥们？到了！

---

① 希腊神话中人身羊足、头上长角的畜牧神，爱好音乐，创制排箫。

巴克

曼努艾尔是一个喜欢嘲弄人的人！嘲弄者曼努艾尔！他们那帮人中有人喜欢嘲弄哥们，你知道

米洛

第一场赛马大概已经赶不上了，因为这么多事情把我们耽搁了……当然我们也没法投复式赌注了

巴克

谁想随随便便地投每日复式赌注？它的赔率从来就不大，是一百比一，五十比一假如你有机会选中两个连续的优胜者他们能给你的，比如说，不过是七比一罢了

曼努艾尔

每日复式赌注？

米洛

是的，先生，每日复式赌注……可是说到——哦——我们还是从头说吧，那匹吗，呃我跟你说哦，是这样——啊，嗯，我跟你说，第三选马昨天付了六块钱给第三名，三到五块钱，他两次付了五块钱给第三名，然后四块三次，四块不到一点，大概

二角四角，两次，一整天进的账都是第一第二和第三一整天，哦明白了吗?

曼努艾尔

数字! 数字!

米洛

哦，咱们，你，赛马场到了，咱们别，咱们现在要做的是因为你们两个都不信我的话，我请你们先看一看了解一下——我来告诉你们我要做什么——我要赌第一名一整天，照懒鬼查利的说法，第三选——哦懒鬼查利，现在你明白了曼努艾尔是下赌注的老手等到他鸣呼哀哉以后他们发觉他就在那个俱乐部大楼的赛道上，胸口就塞着四万美金未兑现的彩票，这就是说到那个时候真的是腰缠万贯自己定下赔率，上帝就一把把他拉出这地球因为他把事情都闹翻了

曼努艾尔

可是我只有三块钱!

米洛

到时候会来的……

（他从两个人的背后放下手臂）

哥们等我真的有钱了我要开始造寺院造静修居把一张张五元的
钞票发放给贫民窟的流浪汉手里真的甚至还要发放给电车上的
人然后我要弄一辆奔驰车哥们就在埃尔帕索高速公路上往南直
奔墨西哥城在笔直的公路上时速一百六十五哥们你知道那可得
换成慢挡因为等你到了弯道那就得换成八十或者一百得让车子
冲过去这可是沿着弯道擦过去还要带刹车的技术，是先生！唔
我们要做的是，我要赌第一名，曼努艾尔要赌第二名，巴克要
赌第三名，一整天第三选

巴克

我没钱了，我只有三角五分钱……我不赌，我没有钱……我们
去买啤酒，哪个人替我买一瓶啤酒……这样就有啤酒有棒球有
热狗

米洛

你等等老兄，第三选要赌就是说我要赌下去，啊——

曼努艾尔

我准备赌九号！这可是一个神奇的数字！这是但丁的神奇
数字！

米洛

九？九？那家伙为什么要来一个三十比一……喂你们听好了，哥们，好了我们到赛场了，你们的旗子在旗杆上飘呢，那号角，她在这儿，现在没有别的人我们都做好准备了我也有机会跟你们真的要好好谈谈跟你说点事，我要你们学学赛马场上怎样去赢

巴克

你的马，你第二场第三选的马跑得怎么样？

米洛

在哪里？什么？目前她是第六，你瞧，当然到时候什么都可能变

巴克

下火车的时候你要告诉我是什么事？

米洛

我的感觉太棒了，巴克，曼努艾尔，今天下午这么个好日子我的感觉太好了……在这赛马场我们要赚大钱要讨论——你能不能把你的瓶子放放好老兄——我们要——

巴克

不过是一个三明治，吃得差不多了……喏，瞧，我就吃完它扔到垃圾桶里去

米洛

那就对了，我要给你买一瓶啤酒……

巴克

咱们喝纸箱装的啤酒那多体面，你说是吧

米洛

没错，老兄，那今天晚上，就是我们赛场上都赌完了都赢了——

巴克

嗨你们瞧，瞧那显示板，他变七了！

米洛

没错，是七，七乘七是四十九乘我弟弟受伤了，我们就站在这儿靠窗口很近警钟一响就溜过去插到那队伍里，喂曼努你快过来

巴克

前两天你输了多少?

米洛

前两天,伙计,我已经亏了五千了

巴克

五千!就是你断了肋骨赔给你的钱统统在这里了?那……你家老婆说什么了?

米洛

哦当然她还不知道我也不想让你去告密,我是采用两面手法,前后两个口袋各有各的用处

巴克

好哇,我来看看

米洛

她就位了,在那边,在那边,在那边

巴克

瞧，米洛，显示板又闪了，你知道我希望保持七，因为你知道
那孩子是一个很棒的骑手，名叫巴伦苏埃拉，这个墨西哥小个
子真是个骑马能手，妈的，你想想这些小个子的手腕多有
力……知道吗我小的时候常跟着我老爸来赛马场我的——

米洛

行了行了老兄，听好听好，我们就在这儿的啤酒柜台待着别动
等下赌注的人急急忙忙地排成长队了等到马都快跑到三分之二
英里内圈警钟就要响了，你知道，这些人一个个都乱哄哄地你
推我挤排在那里，我们就等到最后一刻像懒鬼查利那样笃悠悠
地非常地镇静，谁也不要哪怕是看一眼那边跑的马可是我们一
定要弄清楚那些数字，明白吗，他们那些虚幻的数字……行了
你们可以抽雪茄烟了动动两只脚，唔

巴克

嗨你们看那边，人群那边，看场地那边，远处屋顶那边的牙买
加油罐，这一边就是纽约长岛牙买加赛马场可是它非常明白的
是极乐世界里的蚁冢，对不对……那边这条一小段公路上的那
些汽车小得我都不敢相信，这是一个……空间把戏！再来看看
那些骑手！

米洛

好了哥们，现在我们一喝完啤酒，就要在这儿排队了……不过我还是担心六号那个家伙，尽管有懒鬼查利的那一套办法，火柴，你知道上礼拜二就是在这儿赢了火焰荆棘，我不想看到这种情况……

巴克

你怎么知道你想看到这个情况？

米洛

啊呀我看过汤米的成绩表

巴克

可你担什么心，就押第三选赌一回，照懒鬼查利的方案，就这么简单

米洛

嘻我要跟你们说的就是这事儿——

（在这一段时间里米洛看上去非常的整洁，这是赛马第一场，人人都穿戴整齐看台地面上没有乱扔的杂物，大家都是高高兴兴的，他们都排好了队大家都在交谈）

喂巴克妈的我是要告诉你，要坚持第三选对吧？肯定！假如我当初咬住第三选我就不会亏五千了，为什么我今天要你跟我来，知道吗巴克就为这个帮我咬住不放

巴克

可以，米洛我保证你咬住不放

米洛

没错，巴克你现在明白我的意思了，老兄，这就是我的整个意图，我带你到这儿来理由就是你一定要坚持让我咬住不放

巴克

行，我知道这是因为你——

米洛

对了，我是担心十号那家伙，就是那个烛芯，他一英里能跑一分三十六秒最近他还一直跟那些大牌一起跑

巴克

啊那好啊，可是那跟你不是一路的

米洛

说得对哥们，朋友，说得对，说得对，所以我们玩我们的，别去管他，对吗

巴克

就是

曼努艾尔

我要押九号！对九号我有一种感觉一个视觉！这是但丁的神奇数字！

米洛

哦这就是我需要的要有一点儿头脑，促使我要坚持我的做法……我弄不明白我们为什么要把这个曼努艾尔叫来（在一旁跟巴克说）

巴克

是啊，老弟

（这时米洛喝完了啤酒，两臂勾着他们两人，说道：）

米洛

喏整个事情的全部问题就是我非得赢回这五千块钱这样我才有
一点儿运作资本你知道因为我把赌注提高到了一场五十块或者
一百块要不了多久哥们我就可以在比查利还要乐观的想象预言
中到那个时候真正要开始发财了——喂我的外套后背怎么样？
你拿这把刷子，你帮我刷一下，头皮屑，衣服后背的头皮屑刷
一下，行吗？

巴克

没什么头皮屑

米洛

刷一下（巴克刷衣服）真是好哥们，给，这儿有一支烟咱们手可
不能闲着——我鞋子上有灰吗？你那块旧手帕怎么样，借来用
一下你就跪着把我这双铁路黑皮鞋擦一擦哥们，到了这儿就要
保持清洁，行现在非常干净了那显示板上我看到了七号要开始
了第三选，那是咱们的马，对吗？

巴克

当然

曼努艾尔

我要押九号!

米洛

曼努艾尔,你要做的是你要玩的马是在我下面七场赛马中整天要玩的马,但是你要赌第二名,因为你瞧六号是一只疯狗十号会飞哥们,今天要骑他的那个哑巴骑手我两个礼拜前看他从马背上摔下来他爬起来单独回家相隔十个马身那匹马就没有了骑手……你明白吗,可是我也常常做梦,你知道,曼努艾尔,说到你的神奇数字

曼努艾尔

做梦?

米洛

是的不过是今天咱们离开之前的题外话下赌注了因为他们过一会儿就要像警钟了我来告诉你,因为我昨天刚发工钱你明白吗哥们好都听我说我做了一个梦我梦见咱们的帅哥们普利多,你知道普利多,就是刚才你在备马鞍的地方看见的那个人在巴克回来的时候,哦,他——

巴克

你是说要骑曼努艾尔那匹九号马的那个骑手，他对主人的小儿子很好，我记得是在那天，他一个堂堂正正的墨西哥人，坐在马背上从看台前经过的时候两眼望着观众

米洛

是的他是在——他坐在一台老机车里绕着赛马场跑，明白吗，遥遥领先可是机车跑的方向反了，在我的梦里面，赛马是从那边的大楼到这儿直道的顶端回头跑，真是世事难料，就在他们到达终点线他跑最前面的时候整列火车轰隆一声，没错老兄，爆炸了，可是普利多一个人跨过了终点线！

巴克

老弟他真赢了那场赛！

米洛

没错没错我就是要跟你说这事，考虑到我领了工资了我心里想今天我要乐一乐每一场比赛我都要在普利多身上押一点

巴克

可是这么一来跟你的做法抵触了

米洛

因为……那个……梦……很明显……预先告诉我……你不觉得吗，曼努艾尔，他或许可能骑三次四次也许五次或者甚至两次，以任何代价直接得益？而且他骑……他骑……他骑九号！那可是曼努艾尔的马你瞧他的名字，哥们，马的名字叫，发动机！明白吗就是那个梦

巴克

可是那跟你的做法不一致了！

米洛

可是我说过了这是非常特殊的日子，你自己也得承认，巴克——

巴克

喂等一等……假如你违背自己的原则，你准备怎么办？五千块钱你准备要损失多久？

米洛

不是，无所谓，啊，无所谓，啊——这可是我做的第一个梦，当然老兄我一直都在做梦，我一直亏，谁都没钱了，事情就是这样……

巴克

是啊

米洛

真是见鬼了，我到下赌的窗口，我跟你说过我是第三选，就说
一号，我过去了就在我要说"十块一号第一名"的时候我听见
一个声音说十号！结果我出来的时候拿了一张十号的票子

巴克

啊啊啊啊啊啊啊啊

米洛

当然是见鬼了，那些鬼到处游荡等待机会尽快地附在人身上
这样就有了一个宝贵的机会你知道而且你自己也跟我说过
重新投胎的机会是千载难逢的，你跟我说过的那只可爱的乌
龟在无边的大海上千年老龟在那里游着时不时浮出水面换
一口气——

巴克

还有海面上漂浮的圈套——

米洛

——佛陀说的漂在水面上的圈套，那只乌龟浮出水面正好圈套
就在它的头顶这个几率有多大？亿万分之一？多么大的风险
啊！你明白吗这就是我们重新投胎做人解决我们前世的难得机
会，也许我们非得要亏在这个世界上非得吃一点苦所以我要在
那个梦里的骑手身上稍微赌一把我要赌第三选他很明显就是六
号行了那我就过去到窗口去……空中到处都是圆盘，对吗，看
那边的圆盘和飞碟

曼努艾尔

在哪里？

巴克

就说眼前我可以看到的这个赛马场，一眼望去一直可以从内场
看到外面，看到海滩边一辆辆小小的汽车——这在天国只是一
个蚁冢

米洛

蚂蚁也好，朋友也好，我怎么知道这不是某个友好的鬼他想告
诉我这赢家……哥们我一听到这些声音我就没法，我是说我真
的听到了那些说话声因此我一定要听听这些话

巴克

假如他们都是些千方百计要你输的恶鬼因为你非常地有把握这第三选赌法已经透露给你让你修订你的命运，瞧见了吗，拉它回来!

米洛

老兄我跟你说，我不会——你听——（警钟响）她来了，你看，现在七号是第三选，在最后一刻改了——一样的明明白白第三选就像我见过的——见鬼你有旧手帕吗我想——? ——等一等，好了——

巴克

瞧这儿有一张节目单!（在地上捡起--张）

米洛

好，真没意思在这上头浪费了一刻钟

巴克

他们走了你一下赌注唔就再给我买一瓶啤酒

米洛

老兄我就这二十张十块钱了，还有八场赛——

巴克

行行

米洛

——七块……我不想兑开这钱——我不想为几个找头烦心结果
还要缺六角弄得到了第八场玩不过来老兄，一定会有第八场的

巴克

曼努艾尔你给我买一瓶啤酒行吗？

曼努艾尔

行，老兄

米洛

你们就在这儿等着，哥们

曼努艾尔

我跟你一起排队！

米洛

没关系我就回来

（于是曼努艾尔和米洛到了窗口并且投放了赌注又一起回来）

巴克

你押了谁?

米洛

当然是第三选

巴克

可你有三张，给我看看

米洛

四张

巴克

四张彩票?

米洛

哦你知道我在盘算这个梦里的骑手还有我的第三选懒鬼查利和
我担心十号马和另外一匹六号马……

巴克

别信什么梦啊预兆，啊哥们！……

米洛

我还押了一点在汤米说的那匹马上面，我知道他会惹点儿麻烦

巴克

行了，行了……你怎么才能照懒鬼查利的算法行事，这样下去即使你会赚一点儿钱你也赚不了多少

米洛

那也是历来是这样的，老兄

巴克

唉你就是这样亏了五千的，为什么不控制一下自己！

米洛

(悄声地)那就是我在尽力的——下一场赛——啊你看那边的曼努艾尔，他刚买好彩票回来，九号

巴克

可是米洛你带我来是要我让你咬住不放的！

米洛

没错哥们你干得非常出色!

巴克

我干得并不好,你真有点儿——你为什么这样糊里糊涂呢!

米洛

每天晚上我都祈祷我会坚持第三选,我就告诉你这句话

巴克

哎呀上帝,我不懂——

(赛马开始了,"他们出发了!""火烧荆棘冲出马群暂时领先,那"……诸如此类的话,你们知道赛马是怎么回事)

米洛

瞧!我早跟你说过!

("现在是面条跑第二领先一个马身,"那所有的马:)

普利多!普利多!我梦里的骑手追得上的!

（"半英里内圈，现在是半英里内圈，"如此等等这样赛马开始了你们都在看台上看见了，于是：）

巴克

哦米洛，你那匹马他们会借着我梦里的灯光把他牵来

米洛

好啊！第三选跑第三名那当然也是情理之中的事，对吗？既然是第三选了那他也要有个第三选的样子让大家看了也满意，我的天哪哥们就让他丢掉他想要得到的一切，他丢得越多我就越有实力，因为那以后成功率就在我这一边了

巴克

曼努艾尔，你的九号怎么样？

曼努艾尔

（吃惊地）怎么回事？

米洛

听着，由于第三选重复地利用我增加的赌注，所以等到他真的赢了那我就可以获得很大利益，赢回，我输掉的全部损失，然

后得到更多

巴克

名堂就在数字里面

曼努艾尔

真了不起，一个神奇数字竟然又回到了我的身上，也许又是九，他就像轮盘赌，赌徒，你知道多尔弋鲁基①就是倾其所有押在一样东西上，结果全场惊叹，我就要像他一样，我不管……你看米洛，巴克，假如输了那是因为我是个流浪汉，假如我是一个——那是因为我是一个废物，假如我是一个废物那是因为月光照在废物上！照在废物上！哎呀呀！……因为你知道每天一首诗悄悄潜入我的心扉，并且成了一首高雅的诗歌，就是我刚才所表达的那样……

米洛

行了，行了，诗歌，诗歌，腌在桶里的咸菜，哥们我们今天在这儿要发一点横财了……可现在还看不出名堂……这个家伙……

---

① 俄国作家陀思妥耶夫斯基(1821—1881)《赌徒》中的人物。

（在这个时候一个老妇朝这三个下赌的男人走过来，她两个呆滞的眼睛，老处女式的其实是梳得紧紧的圆圆的新潮发髻，她看上去像一个大木雕像，你仿佛在她身后可以看见哥特式粮仓，她人非常的真诚……她对米洛说：）

妇人

哎呀米洛，押三那么假如你分我一半，我就没钱了，唔？就押两块钱假如你赚了分一半给我

米洛

你是说第三场三块？那个家伙，他赢不了

曼努艾尔

他是什么人？她又是什么人？这儿都是些疯子！

米洛

啊哥们（边走边笑），我认识她很久了……我过去常常向她借钱……你看我让这些人乘这赛马场火车到这儿来我就得跟他们有某种关系，啊，曾经的确从她那儿得到过几个赌注还有那个瘸腿报童……嘿第八场赛一结束我们就得从这儿拼命地奔跑跑回火车里去这样我可以给火车司机打手势这样我们就可以回纽约——呃这个第三场，你明白吗当然第七选一天两场，啊——

曼努艾尔

(朝四周张望)所有这些疯子都是些什么人呐?

米洛

你知道吗,曼努艾尔,假如你今天想赚几个钱的话那你最好还是跟着我吧,听好了,别去操心你的那些神奇数字了,喏这第三场的明明白白的马清清楚楚就是一个第三选就像我一个人在那边所看到的一样六比一,还是宝贝十号!……

曼努艾尔

二号! 这才是我最喜欢的数字!

米洛

二号,非但他不是个玩意儿而且他那个骑手还老要摔下来!

巴克

是啊……这一份节目单我终于从地上捡起来占为己有还一直在翻,寻找奇怪的线索例如这儿标准脸这匹马他的老爸是冠军曼努艾尔,老妈是艾尔维纳,要不再找找更加奇怪的线索例如巴克爷爷! 或者梦想家! ……这儿有一个,很怪,叫夜间牢房,哈哈,这意思一定是说我关在什么牢房里的时候……你不妨想象你能押的成千上万块的赌注……我们现在准备着手做的事到头来我们只有到最上面的看台上连起跑的门都看不见，你知道它就在那下面，我想到围栏那边去，我们就从围栏那边走这样我可以给曼努艾尔讲讲马经——讲讲马棚里的参赛马，他们按钮打铃用短鞭开门于是马夺门而出，哥们，去观看那些骑手，他们个个都有一副铁掌不停地拍打马儿……像约翰尼·朗登，他年龄比我们三个人加在一起还要大！啊，诸如此类你没有见识过的事情。

曼努艾尔

二号是我最喜欢的号码！或者不然的话我就再回到九号

米洛

真是荒唐，哥们！我偏偏要求你了！我跟你说过懒鬼查利，他们怎么发现他呜呼哀哉怀里藏着四万块没有兑现的彩票——

巴克

听我说，曼努艾尔，懒鬼查利在比赛间隙就坐在那里你知道喝着咖啡，说不定还戴着夹鼻眼镜，见到了最后一刻的赔率他才露面看一眼成绩然后走到外面投下他的赌注或许跑到队伍前面一点，一切都在那些数字里头，第三选，大多数人的意见降到了三级这是精确地计算出来的百分数这样按照你的亏损情况不断地给你一点点，那你必定可以赢，要不就被挤走，除非你倒了大霉，或亏大了——

米洛

没错，倒大霉！喂听巴克的，曼努艾尔，那你就可以发一点小财了！

曼努艾尔

行，行，不过这一场我还是要投二号因为这是个吉利数字……你看看那几匹马，他们的腿多么瘦，他们会受伤的。啊？他们会受伤的……

巴克

嗯……

二幕

二场

（现在是第八场赛马，人人都已衣冠不整，米洛也已摘下了火车制动工的蓝色帽子，蓝色外衣，只穿衬衣，卷起衣袖，敞开领子，没系领带，曼努艾尔也是衣冠不整，人人都是衣冠不整，他们都站起来了：）

巴克

嗯……明白吗?

米洛

哎同时——

巴克

那么在那边，在我们又从火车上下来的时候，你在说什么呢?

米洛

给我一支烟，我的都抽光了……噢，我刚才在说，一两年前还不觉得根本不值得把话说完后来变了尽管尽力但是我又不能，我说的就是这个意思，不过我现在想办法告诉你。你知道埃德加·凯斯的确从前世的一个大磨难获得了他所有的力量那时他是罗马军人，伤势致命，老兄，他背上刺进了一支很粗的长矛，那是一片平原，没有人来救他，拖了三天之后他死了而在这三天里面他学会了如何去忍受痛苦如何去满足他的心以及面对要忍耐的死亡，知道吗这就像今天晚上我们要见的主教说的，他说了那么多的话，长期忍受的耐心……啊，除了这些之外还有许多他说的话，比如说心要诚，所以说例如像你所考虑的不过——嗨，你瞧那儿……

（一个金发女人从面前走过）

巴克

唔——可是这样的投胎重生要多久？你什么时候把那本书借给我？

米洛

就像那样的人走过来走过去一样……

巴克

上帝为什么不直截了当地加以干预手指轻轻一弹终止这个世界？

米洛

咱们就这样不慌不忙慢慢走过去站到她旁边去，唔？哥们，走啊，曼努艾尔来呀，你可是个能说会道的人，她有一个朋友我看见了……看见那个黑黝黝的朋友了吗？瞧这小小的紧身的裙子哥们，还有，喂，回去吧！你一天到晚说咱们现在已经在天国了巴克说过没有老兄？

巴克

是先生这是我说的，这是我看到的

米洛

我来看看那份节目单！

巴克

（弓起身两手插在口袋里）唉，最后一场赛了，太阳要落下了

米洛

唔，再过两分钟就要起跑了，看上去好像现在是七号

巴克

是科萨克对吗，朗登，是个好骑手。你们知道我为什么喜欢朗登吗？他曾经赢了马主下注的那场赛马而且我就在裁判席边上我当时并不知道谁第一名，哪一个骑手，因为那一次他们浑身都是泥浆。那边只有一群女人她们拿着一个银质大奖杯欢迎优胜者，就在这时我看到老约翰尼·朗登站在优胜者席上突然间他比所有其他的骑手矮了许多，五十岁了还要跟二十岁的小伙子竞赛，哥们我大声嚷嚷，我记得二十五年前约翰尼·朗登骑着马在罗金厄姆的路上小步穿过，跟他一起的还有吉米·斯托特，他已经死了。唉，吉米·斯托特的灵魂已经消逝了，……他的灵魂飘到哪里去了呢米洛？

米洛

就在那边，哥们，要是他命中定下来要做的事还没有实现你心里很清楚他就在那边骑着马小步跑着要想法子回这个赛马场来还要以耶稣基督的名义来赎他的罪老兄

曼努艾尔

哇你们怎么回事，不说投注扯这么远干什么！我们这是到哪儿去是到男厕所去到啤酒吧去到咖啡吧去买热狗去这样等到最后一场赛了我们还在这儿，哥们你们看看到赛马场来的那些人第

一场个个都信心十足！他们现在都在地上觅宝呢，他们要在地上寻找钞票！活像唐人街的乱蹦的鸽子，白费劲，脑袋都已经被剪去！我不想活在这样的一个世界里！喏，他就在那里，到处窜来窜去而他们是在寻找女人他们要带她们回家什么的，兄弟呀……我们要走别的路子——我们就回到舒服一点的地方去吧！我老是有这样的感觉米洛虽然他赢了其实他是输了虽然他输了实际上他是赢了，输赢都是短暂的，用手是抓不住的，都是相互抵触的！钞票是抓得住的，我原先是想用投进去的钞票买一台新打字机的可是你看！对于永恒是没有耐心的！永恒！就是说超越一切时间超越那个小小的物件和永远！米洛你会赢，你不会输，一切都是短暂的，一切都相互抵触的！这些就是我的感觉！我是一个阴险的赌徒……但是我不会拿上天赌博！这就是基督给我的那一点教诲！或者说是佛陀给我的！是穆罕默德给我的！是犹太教律法教给我的！即使他的一天以出色的业绩告终，每一匹马都赢了钱你赢了你转身说"巴克妈的假如每一场赛你都从牛仔裤里摸出区区两块钱来照我说的那样办了那你今晚就有一张五十块了"。巴克拿着一张五十块有什么用他要的就是三角五分！不过我知道，你们玩得很痛快。我看见你们都很得意地把你们的几张小钞折得好好的塞进口袋里顺手可以摸到的地方。我们走出这家赛马场经过你停了小车的铁道边的停车场我就说"这是你的停车场，你每天都把车子停在这里"你知道你会跟我说什么米洛？你会说"是的老弟还有再过几年就会有一辆梅塞德斯奔驰车取代那一辆"。这可是一个奇妙的梦想！……

米洛

咱们投注吧，这是天使加百列①刚刚发表一篇演讲天使长米迦勒站在我们身后，瞧见吗他多高大？

巴克

哎哥们。她现在的模样怎么样？

米洛

说谁呀，天使长？呃，还是一……从七变到一，最喜欢的还是钞票，第二选是五比二他的六比一就他一个……你打算在他身上押多少，你有没有用铅笔算过？

巴克

照懒鬼查利的说法是四十五块钱可是我算过了你得节省一点拿出来给你的梦里的骑手，死人，还有你说的那匹制造麻烦的另外一匹马，（哈哈大笑）现在要跟你胡来了……再给我来一瓶啤

---

① 加百列是基督教《圣经》所载的一位天使长的名字。是他带来上帝的佳音，预告耶稣的诞生。

垮掉的一代

酒怎么样?

米洛

你等在这儿,我去给你弄一瓶啤酒

巴克

别押太多,我跟你一起去排队

米洛

没事,喂巴克,没事,因为今天晚上咱们还要到亨廷顿去,咱们要上我家去,听主教讲话,开两辆车回家,他一辆我一辆,他还要带他两个姑妈一起来,我跟你说过——

巴克

对

米洛

嗯啊,老兄,你就等着瞧吧,少年英俊,二十八岁,就像我说的穿一件又长又大的黑袍——哦他说话的时候闭着两只眼睛,你知道,时不时地睁开眼睛看一眼下边坐在长凳上的会众他们都保持肃静,有时候你可以听到肚子的咕噜声,有时候他两手抖动,他会发出长长的声音洪亮的印度歌声,唠唠叨叨的而且——真他妈的，这些我那老婆都知道，她送——他送她小册子和那些乱七八糟的东西……还……

巴克

曼努艾尔，你的小册子怎么样了？

曼努艾尔

我在小册子里夹了一片树叶

米洛

这家伙

巴克

（哈哈大笑）他始终押九号因为那是但丁的神奇数字，知道吗，他说假如他赌赢了就去买一台打字机这样他可以写更多的诗歌

米洛

嗯啊……怎么样，假如我押他二十怎么样？

巴克

不行！还是要走你自己的路子！假如押四十五！或者至少四十，留出五给那个让你弄得神魂颠倒的梦里的骑手……

米洛

喂押四十块，一号留着，四号押五第一——

巴克

喂这是一个幽灵给你出的这一个主意，我可不会驱鬼……

米洛

没错老兄没错

巴克

那么假如他输了至少你明天回到这里可以说你照自己的意思实
行过了——

米洛

你再会来替我出把力——

巴克

行啊兄弟

米洛

——咱们现在要做的只有一件事就是坐着等哥们等到比赛一结

束咱们就得赶快跑在人群的前面上火车哥们这么多的人，我当班你知道一结束就走

巴克

开这火车来的司机和司炉工在哪儿，在机车上吃饭吗?

米洛

没有哥们，(哈哈地笑)他们在赌赛马彩票呢，你没看见吗，他们穿着正经的衣服你知道。我到这里来是穿制服的可是他们换了，他们不想让人家知道他们在赌

巴克

你是说整条铁路线都疯了?

米洛

嗨每天，你知道，他们把人装进车厢到这里放了人他们就赌起来了……

巴克

他们一天进多少钱，六角五分?

米洛

哦，那几个不在行的还没这么多……我去给你们弄啤酒去(下)

曼努艾尔

够哥们！我们联起手来就会赢的，巴克，你跟我，我们会赢的！我们还有米洛就会赢的，我们要进好多的钱不断地进账！即使今天不赚但是我觉得我们到了第八场也会赢的不过我现在懂你了，我了解你了，巴克，你是真诚的，你真的想赢！

巴克

我并不想赢钱，米洛才真的想赢

曼努艾尔

米洛！……我相信米洛！……我知道他是耶稣基督在当代的可怕兄弟，我就是想要——我就是不想为投错赌注而烦心，这就好像找错了诗人而烦心一样，就像找错了人，站错了队而烦心一样……

巴克

实际上什么都没有错曼努艾尔……

曼努艾尔

可是也许我是不想毁灭,我不想去找什么法—法—法—法国妞,哥们……你,巴克,我明白你的心思到那个贫民窟的酒吧里去跟那些流浪汉一起喝得烂醉,啊! 我是从来就没有想过这样的事,为什么要给自己制造痛苦呢? 别去惹事了。我想发财,我不想说"哦啊啊我迷路了,哦啊啊啊啊我丢了宝贝了,我迷路了",我现在没有迷路,我还很年轻,我准备要请天使长让我赢……听吧! 我要告诉天使长,聪明的报讯使者听见我说的话了,我听到了他嘹亮的声音,(米洛拿着啤酒回来),……嗨米洛,踏,拉,踏拉踏拉踏拉踏拉,聪明的报讯天使长那个吹长号的人在起跑线上,你看到了吗?

米洛

啊,是的,是的,先生! 是的先生……哎是咱们那小子(朝外望去),看见那边了吗? 那个墨西哥小子穿红白丝织骑手服的? 绕过俱乐部大楼弯道了? 看看这些马的后背……漂亮的马儿! 是先生……摩根大卫红酒,摩根大卫红酒……

巴克

那边是你的马!

米洛

是先生,他就在那边,最里圈的起跑点不过他仍旧领先一身半威格莫抢在第二普鲁士领先一马颈第三，印第安故事就落到第四，帕特阿图蒂第五相差一马身咕咕第六结巴落后一大截，加油呀嘭的回到家就找老爸给我带回来蜂蜜黄油傻瓜一个，现在我看得见了，你看见了吗……哥们，他到了那一头的弯道就赶上了，还是那个印第安故事，你知道，就在那边不过老兄他一旦发力伊斯梅尔开始呼啸而过老兄，到了直道最后一段，他们一齐向前你可以听到他们用小鞭子抽打马屁股人群咆哮……他们闪电一般冲过终点线，我们钱也可以到手了……我们就——

巴克

你跟曼努艾尔就跑到小窗口去拿那一点儿小意思……拿了钞票做什么呢，坐在草垛上？望着天上的飞机？……

米洛

我们就坐在天上望着草垛，我们就有钞票了，我们连钞票都不知道怎么用，嗬！很可能钞票怎么用我们也不知道，很可能我拿到钞票不知道怎么用，我的费用可大了，老兄，我有一大家子，我有老婆四个孩子……就像你说的我们可以去拿么一点儿小意思然后我们就跳上火车带回纽约去……因为老兄，不管发生什么事情，要发生的事情就注定要发生的我们就都要乐一乐——只要你觉得心情好……因为我知道，上帝支持我

曼努艾尔

我不想要上帝给我的这样的一个世界

巴克

你是什么意思?

曼努艾尔

我的意思就是这个意思,我不想要。这样死多惨呐!

巴克

谁死了

曼努艾尔

所有这些人,伸长了脖子望着那些马,这儿都是些疯子……假如都是些小鸽子要死我的眼睛早就睁得大大的了,我一点都不喜欢,我不关心

米洛

曼努艾尔把钱拿出来,现在我们要投赌注了,警钟响了

巴克

鸟儿与午后阳光下闪烁的锋利的长刀吗?

曼努艾尔

是啊

巴克

——曾温同①老汉就住在那边的屋子里吸着有名的鸦片，是波斯鸦片对吗？他所有的家当就是地板上铺的一张床垫，一台旅行用的手提收音机，他工作，他的作品就塞在床垫底下对吗？纽约世界电讯报描绘的猪圈一样的破烂小屋对吗？

曼努艾尔

啊巴克你疯了……我不想这事了，我要回家去好好睡一觉，我也不想梦见没精打采的猪猡和桶里的死鸡只有马匹和赛马场没有打字机

巴克

你说得对

曼努艾尔

还有这根本不是什么电影，我们没法去看，没有怪物，看到的只

---

① 原文为 Zing Twing Tong。

是一个月球人穿着外套，我想看看别的世界的巨型恐龙和哺乳动物！谁愿意花五万块钱来看带着机器带着控制板的人还有穿了吓人的救生带裙子！最后一场赛后赶快离开这儿，我要回家

巴克

你要做的就是，哥们，一大片悲伤的云

曼努艾尔

我就想要头号的天使……我不想做一片悲伤的云

巴克

你不想成为一大片云吗，我不是什么别的就是一大片云，一大片，靠在一边，都是雾气，没错

曼努艾尔

(伤心地)但愿我是一大片云……

米洛

快点啦，哥们，别再说什么大片的云我们去投赌注了

(曼努艾尔和米洛赶紧下)

三幕

（场景设在一座农场式平房的客厅，门口走动的是巴克和一个新的人物名叫欧文：）

欧文

米洛觉得主教怎么样？

巴克

呃米洛嘛你知道他从小就做祭坛助手，当时他老爸是埃尔帕索的一个流浪汉，他就是个老耶稣会会士，你知道，实际上，……除此之外你知道他在这屋子里每天晚上做些什么，对吧？他对宗教很热衷，他跟孩子们一起跪着祈祷哄他们上床睡觉。他真的把孩子围床整理得很舒适。

欧文

可是我的意思主教这个人不怎么敏锐，就像我们刚才听他讲话一样你知道，保罗和我刚才站在后面我们觉得是一个相当沉闷嗯讨嫌的人……

巴克

肯定不过是他老婆对他更加看好一点……科拉，你知道

欧文

哦，不过米洛也一样。所有这一切平庸习气那是我们人生后来才有的东西当年米洛和我年少气盛在得克萨斯平原的茫茫黑夜一起跪下发誓保持永恒的神圣友谊——你知道

巴克

这个嘛正如你所说到头来都一样

欧文

唉

巴克

你是不是觉得米洛现在安静了一点？

欧文

哦我想是这样吧，啊，我没有告诉你吗他那天早晨还来过我家，当时我正拉着巴赫变奏曲。他在那里卷起大麻烟来可在

这同时他又想模仿无伴奏小提琴手小提琴咿咿呀呀拉起来的时候他怎么也无法从盒子里取出大麻来他就两手一摊真的发疯似的把弓在琴弦上搓着，在这同时还要去舔卷烟纸于是小提琴开始拉出延长的恰空舞曲弄得他在地板上翻滚把弓越拉越宽因为音越来越长——（大笑）——他就这样把烟撒了……

巴克

你感觉怎么样?

欧文

我没什么。下半夜两点钟喝的酒醒了是空虚的生日之夜的寂静中喝的酒我让生日之夜充满了"瞬息即逝的风的痛苦"。你知道这是布莱克①难以揣摩的《水晶密室》的结束语这首诗我从来没有读懂过直到仿佛是呻吟的那一刻我才明白布莱克许多年来就闷在他心灵的水晶密室里，但是——你知道"在那里我见到了另一个伦敦，"我简直不能毫不间断地完成我的思考，"以激烈的热情用火热的双手我竭力抓住最深处的条理"……

---

① 威廉姆·布莱克(1757—1827)，英国诗人、画家、版画家。其艺术有独创性，具有新颖、简练、表达思想感情率直而有力量的特色。布莱克生前不受重视，死后一百多年其影响才日渐明显。

（米洛和一个新人物保罗上：）

保罗

你们有电视吗米洛？

米洛

在后面房间，在后面房间老弟，听我说说理由哥们我为什么要这样急急忙忙地听完演讲赶时间回来，理由是，我有一点——

巴克

你在路上将主教丢下一英里——

米洛

——是的是的，大概五，英里，其实，理由是，让你们这些人刺激刺激——你知道，这样你们可以享受享受一切，你们知道，让你们提起精神来，就像我们要——像，我已经讨厌在这儿晃荡了。你们在那儿做什么，你们在那儿谈论什么，哥们？

欧文

我竭力抓住最深处的条理但是水晶密室轰然倒塌仿佛一个泪水汪汪的婴孩成了面对荒野的泪水汪汪的婴孩——

米洛

啊别再给我谈什么诗歌了

（米洛和保罗下）

欧文

啊上帝

巴克

不管怎么说主教是要来的，嗯？

欧文

呃，我看不见得，他像个死人

巴克

你喜欢他紧闭双眼演讲的那个样子吗？

欧文

啊那不过是他骗人的惯用伎俩做给女人看的。你看到坐在那里的所有那些令人讨厌的中年女人了吗，老头儿都躲到棕榈树下去了还有他那些关于灵魂与周围气氛的废话，他为什么不脱掉

衣服去跳舞呢

（米洛妻子科拉上）

科拉
米洛在哪儿?

巴克
在后面房间

科拉
米洛!

米洛
（舞台外）在这儿亲爱的!

（妻子科拉下，梅兹上，一个戴苹果酒帽的真正爵士乐迷：）

梅兹
情况怎么样?

巴克

你是开着你那辆莫里斯来的吧?

梅兹

是啊哥们,就停在外面。米洛说九点钟到这儿

巴克

你真准时正赶上他们,好极了

梅兹

哎哥们我最需要的是到厕所跑一趟,马上回来。米洛在哪儿?

巴克

在厕所

(梅兹下)

你们知道梅兹·麦吉利卡迪,这个人吗? 过去是电台的播音员
知道吗? 现在当演员之类的,演跳车什么的知道吗?

(门开了大家一齐上,是主教,他两个姑妈,巴克样子神气
地说:)

哈啰！我们比你们先到！

（妻子科拉重上）

科拉
请坐，呃，主教夫人怎么不坐这儿沙发上，您特威德雷太太？
呃，啊，您就，坐这儿，还有，要不要我给你们冲咖啡？

（主教，相貌英俊，穿黑袍，说道：）

主教
啊要的要的，我可以坐这儿吗？

科拉
啊当然！——呃，啊，大家都……好

巴克
主教我坐你旁边的地板上可以吗？

主教
那当然可以！我看你——你——你喝了一点酒对吗

巴克

是的……先生……不过我觉得可以喝一点，我不是，呃——我看我们要谈一些事嗯？

主教

是的我了解你懂一点佛教

巴克

是的懂一点……但是关于克利须那①我不大懂……实际上，我对于佛教也不是特别地关注

（欧文在沙发上在两个姑妈中间重重地坐下然后说道：）

欧文

哦我就坐这儿了

（爵士乐迷梅兹重上）

---

① 即黑天，印度教三大神之一毗湿奴的主要化身。

梅兹

哦，啊，你们好！我就坐这儿了，啊，大家都好吗？

（米洛进来，保罗进来，他们都坐下来主教在沉寂中说话：）

主教

嗯！！

巴克

呀！

科拉

您要喝点儿什么吗主教？水，可乐，咖啡，还是茶？

主教

不用不用谢谢，我——还是抽烟吧

巴克

主教（递给他一支烟）我觉得你不会介意吧假如我有不良嗜好（喝酒）不过我已经倒了一杯白葡萄酒藏在这角落里，这就是为什么我要坐在这儿的道理，我今天整整一天（哈哈地笑）都很辛苦……我的意思也不真是这样，我是想坐你旁边我要问你几个问题。我想问你一个具体的问题，你相信不相信宇宙是无限空旷的或者说你信不信有上帝这个人同时我们都要回到天国实现完美和至福，还有上帝显容的时候我们一个个人都会消逝吗？

主教

（欣欣然）哦是的，但是也要分级的

欧文

人是怎样攀上鸽子天梯进入天国的呢？从摩洛哥鸽子的银梯登上王公的天国？

主教

啊穆罕默德，摩洛哥，王公，一级一级地攀我想

巴克

可是为什么要分级？……级……主教呃夫人你姑妈我们说的你都同意吗？

姑妈一

我啊，这些道理我一点也不懂

巴克

你有一个很好的侄子

主教

是的

梅兹

给你一支烟——哦你已经有烟了，我不是有意要打断你们的话，我真是要给你一支烟

巴克

科拉认为这也要分级的……

主教

嗯这也是我所宣讲的道理，关于这些级，你作为信仰佛教的人知道，或者书上看到过，菩萨的级牵涉到不放逸①……就是说精神忍耐……我们在没有耐心的状态下不可能即时得到上帝的恩宠明白吗。精神忍耐那是需要的，此外还要有热情，充满活力的热情

---

① 原文为 Dhristi，是印度教操守十戒之一，指克服散乱、恐惧、优柔寡断、变化不定。

巴克

是的

主教

这个——正是——这就是说我们不能实现超度，呃，假如你希望换一个说法也可以称为涅槃，倘若不朝上帝的方向做些努力，没有一些运—动（于是做扭动状）

欧文

呜你扭动起来真像一条蛇

主教

是吗?

欧文

是的你的运动完全像一条超自然的或者领悟的大蛇朝天上弓起背

主教

嗯，是的，也许，当然

欧文

我的意思是这是今天晚上我看到你做的最潇洒的事

主教

哦（望着保罗），那他是谁？

巴克

哦，圣徒保罗①

主教

啊！圣什么？

保罗

圣徒保罗

巴克

他是俄国人，你知道

主教

啊，俄国人！他目光很怪也从不说话

---

① 又称 Saint Paul，犹太人，曾参与迫害基督徒，后成为向非犹太人传教的基督教
　使徒。

欧文

他害羞

主教

呃保罗,你自己觉得呢

保罗

不知道,我——我觉得人人都要爱人人,我认为这才是唯一的启示——它是唯一的启示而且从来没有人相信过

主教

嗯……我刚才说了,关于维亚古拉塔①,呃,也就是说朝着心所向往的境界进取,你说的是对的

巴克

这不是跟充满活力的热情一样吗?

主教

是的,但从另外一个角度来看要登梯就要有很多……

---

① 原文为 Vyakulata,指对上帝迫切而诚挚的追随与热爱。

欧文

橄榄枝！

主教

橄榄枝，是的，很好。这样人就遭遇成为布拉斯塔①的危险，也就是不再实行瑜伽修行法，于是普茹阿玛达②就要降临，它的意思是心灵迷茫——

巴克

在所有事物和包括这一件在内的所有事情中不断出现的上帝，将防止我们担心迷茫的堕落？

主教

很聪明！

巴克

你觉得怎么样主教，我说得有理吗？我喝酒可以吗？

---

① 原文为 Bhrasta，为古印度的舞蹈之一。这里指沦为瑜伽舞者，而非专心修行瑜伽的人。
② 原文为 Pramada，指不专注，心不在焉。这种不专心又进一步分为三种：冷漠、惰性和分心。除非摆脱这三种不专注，否则无法从事奉献服务。

主教

你说得很有道理因此你就喝吧（笑声）

欧文

（对主教的第一个姑妈）他小的时候也都是这样吗？哎呀他一定
是个古怪的小孩子

姑妈一

啊是的！

欧文

你的意思——我跟你们一起坐你介意吗？

姑妈一

呃，当然不介意！

欧文

（对第二个姑妈说）您怎么什么话也不说？

姑妈二

我没话要说

主教

嗯这是一个不平常而又愉快的夜晚！……不过我还要补充一下，瑜伽气功坐姿没有必要，所谓气功坐姿就是盘腿坐的姿势，像我们这位朋友那样（巴克盘腿坐在地上）

巴克

是真的没有必要，我知道真正的没有必要，我只不过是想这样坐——重大而愉快的晚会上我都这样坐

主教

很好

巴克

那既然我相信我们大家现在都到了天国那么我觉得要这么多的清规戒律或者操这份心也没有道理……你好不好把天堂之门关上不让那些……不操这份心的人进来

主教

这超出我的职责了

巴克

米洛的太太科拉，你有没有了解到她的状态？……那天小孩子

朝她的玻璃窗扔臭鸡蛋的时候她完全处于心醉神迷之中她感到喜出望外，因为上帝给了她一个对人宽恕的好机会

主教

啊!

（沉默，长时间的沉默）

巴克

这就是契诃夫所谓沉默的天使，他刚从我们头顶飞过对吗!

主教

啊是的……这一位，他从来不说话

保罗

啊，呃……你打棒球吗?（大家哈哈地笑）

主教

不打，我不打

保罗

他跟小妞待在一起脱衣服吗?

欧文

不知道，你问他……有人在有的地方脱衣服……

保罗

主教我信脱衣服……你呢?

主教

唔，我觉得那也没有什么不好，当然。我看现在我想再抽支烟

米洛

(突然站起来)抽什么特定的牌子?

主教

没有没有，随便什么牌子

巴克

哦主教，我们大家都在这儿干什么，而且我们过的是多么奇特
的日子……是不是这样

欧文

对，我觉得今后我们都应保持自我……不久我们就能做到

主教

是的但是至于个人自—我，这不是什么可以依恋的东西因为这样会引起对世俗虚假的歧视

欧文

世俗是我们拥有的一切……表面，即 X，就是我们所拥有的

主教

是的但是这是上帝赐予我们的通过上帝全能的力量——

米洛

是的!

欧文

哎，怎么样?（对第二个姑妈说）

姑妈二

很好谢谢

欧文

呃，我们是不是让您不高兴了?

姑妈二

没有一点都没有

主教

你们都很高兴，或者说假如说不是高兴那也是很有激一情，你们都是很有激情的人

巴克

你从哪里学来这种奇怪的口音

主教

哦我是捷克斯洛伐克人。我看我过一会儿马上得走，我明天还有讲演

巴克

主教，听我说一句话，你说的每一句话毫无疑问都是正确的而且你脾气很好

主教

这是教规!

欧文

（唱）在那松树林中……

主教

啊，他歌唱得很好……你也会唱吗？（对保罗说）

保罗

我唱摇滚乐

主教

哦唱给我听听行吗？

保罗

唔？

欧文

来一个保罗，唱呀，摇滚乐

保罗

哦不唱，我不想唱……呃……我倒是想聊聊，你读过陀思妥耶夫斯基的书吗？

主教

没有

保罗

你做梦吗？你做过梦没有？

主教

做我做梦……

保罗

你把最近做的梦说来听听好吗？

主教

哦，呃，我看这无关紧要……我做的梦没什么意思……我不知道。不过我昨晚倒是做了个梦可是恐怕记不起来了……

保罗

可是你要记住它！一切梦在你的心底里都是神圣的！

主教

是这样

保罗

抓住每一个人的手然后吻他们的手

欧文

你应该看着保罗脱掉衣服

巴克

啊住嘴!

保罗

哎哎! 你了解青少年了解他们多么想到月球上去吗, 你了解手淫吗, 你早晨走在马路上看到女孩子圆圆的小屁股心里是不是感到很喜悦?

米洛

哎

科拉

嗬

主教

呃, 这样, 意思弄得相当混乱了!

欧文

有点儿像当时的贝勒·卢戈希[1]……主教，你认为一切都是神圣的吗

主教

作为上帝的显灵是的一切都是神圣的

保罗

你读过《白痴》[2]吗？

巴克

嗨米洛我们今天成功了，嗨哥们，我们今天第八场赛马赢钱了对吗，我们终于在第八场发了一点财！

欧文

主教，你觉得神圣的花是神圣的吗？你觉得世界是神圣的吗？

---

[1] 贝勒·卢戈希(1884—1956)，匈牙利裔美国演员，因演恐怖片而出名，如《狼人》(1940)。

[2] 陀思妥耶夫斯基的代表作之一。

主教

哦，是的，我想世界是……会变得神圣的

欧文

你觉得鳄鱼是神圣的吗?

保罗

头发是神圣的吗?

巴克

一切都是神圣的吗，主教?

欧文

主教是神圣的吗?

巴克

米洛是神圣的吗?

保罗

巴克是神圣的吗?

欧文

保罗是神圣的吗？

巴克

欧文是神圣的吗？

欧文

什么都是神圣的吗？

主教

我看是的。我希望如此

欧文

哇也是神圣的吗？我是说科拉是神圣的吗？神圣的是神圣的吗？我的意思是说马路是神圣的吗？地面是神圣的吗？

巴克

赛马场是神圣的吗？一切都是神圣的吗？为神圣欢呼！

主教

哦对了，我觉得……不过恐怕不过你们想得到什么，你们一定会……可是我真的觉得我还是现在就走吧

（起身，这时进来一个小男孩，他是米洛的小儿子）

米洛

我的小哥们来了，你怎么了儿子我们哇啦哇啦把你吵醒了对吗？儿子过来坐爸爸膝盖上

主教

啊，他像他妈妈有一头金发

欧文

光之子，光亮与欢畅之子

主教

晚安各位，我看最好现在就走。希望不久再见到各位，希望你们来听我演讲假如你们不想来听我演讲那么至少我们今天晚上是朋友……

巴克

晚安……再见……（一声声晚安）

（他们都下，主教，两个老姑妈，众人送她们到门口而巴克坐在

地上说道：）

巴克

主教正常。主教没什么问题。

保罗

我们现在该干什么，睡觉吗？

巴克

哎我有睡袋到院子里去睡你就睡沙发上欧文还有一张沙发米洛睡床上梅兹开车回城里去不过我先来听听电台里的交响乐队锡德①……欧文你看是否——就一会儿，你知道？——你是不是觉得你挤在他两个姑妈当中缠得她们心烦还大喊大叫圣地里的宽阔大道寺庙里的回廊那些歌词？——事情怎么样，一切都还好吧？（见米洛回来便问道）

米洛

嗬，神圣的坦率的思想方法……

---

① 指二十世纪四十年代纽约市电台音乐节目主持人 Sid Torin，他尤其擅长主持爵士乐节目，有一大批忠实的听众。

巴克

我觉得我们谈得很不错。还行啊，米洛。真是，梅兹·麦吉利卡迪一言不发，有教养的人就是这个样子

梅兹

声音开大一点，兄弟，把那个酒给我倒一点。我跟你们说过我干牛仔的事吗？他们走了吗？他们开出车行道了吗？

米洛

（望窗外）现在走了

梅兹

哦听着——

米洛

哎，在这儿吃一点东西吧（见科拉从门外进来）我们家有吃的没有？

巴克

我肚子不饿

欧文

我可饿了！要我来烧吗？

梅兹

——听着，我的牛仔经历，我骑着我的一匹花斑矮种马来到亚利桑那州这座尘土飞扬的老城跳下马咯噔咯噔地走着——声音再大一点，兄弟，太好了，这是迪兹·吉莱斯皮[①]，兄弟，——从弗兰格斯塔夫长途跋涉来到这沙漠地带，我拍掉帽子上的尘土，走进四星酒吧喝两三杯啤酒加威士忌解渴，这时我看见吧台尽头的大酒杯斯利姆，"喂大酒杯很久不见"我说，"是啊是啊"他说，"梅兹，墓石那边情况怎么样，我现在就把你弄到那边去，"这时我注意到了他的动作，那上唇的抽动……微微朝我左边抽动使他那样子显得更加瘦削我拉了一下我的马驹开了枪砰砰！两下！他一时间——（巴克倒在地板上）——一时间靠在吧台上好像是要开枪接着你就听到他的枪啪啦一声落在地上，枪已经拔出一半……这拦路抢劫的强盗躺在地上枪仍旧插在枪套里啤酒从两片嘴唇之间流出来

---

① 迪兹·吉莱斯皮(1917—)，二十世纪美国著名爵士乐小号演奏家、作曲家和乐队领队，比博普现代爵士乐派创始人，主要作品有爵士乐曲《突尼斯之夜》、《曼特卡》等。

巴克

我来说说我的牛仔经历！

欧文

我来说一个！

巴克

好吧你先说！

保罗

我来做俄国牛仔——

欧文

——我从山上，知道吗，下来到城里，山上有一丛丛的灌木，慢慢地我拨开树丛偷偷地张望我是一个磨剪刀的我跳着——我朝下边看悄悄地看，我拨开灌木丛看他们城里都在干什么——

巴克

等等！等等！我是骑着马来寻找杀害我老爸的凶手，我知道他们逃到城里，我穿着马靴走在人行道的干木板上，啪哒啪哒，哗啦哗啦，推开摇门，里边是强盗巴特，还有他的兄弟和表兄弟站在一边，他们都拔出枪来握在手里对准了我他们要像杀害我父亲一样干掉我……

梅兹

那你怎么办呢?

巴克

我就变成一个带电的球他们都倒在地上呜呼了

米洛

(突然之间)现在我来讲讲我的经历……牧师骑着马进城,我跟牧师一道站在酒吧里他在宣讲我主耶稣引用《新约》第二十六章第十八节①的话"留下的一点点一条条你真的都不会知道"……就是说在一个角落里一个酒鬼还在举起杯子喝着牧师宣讲的时候他就盘腿坐在地板上喝着酒,我拔出手枪径直对着他的脑袋说"你难道不信仰上帝吗?"……那就让他尝一尝,打穿脑袋

巴克

(又倒在地板上)哇!

---

① 《圣经·新约》第26章中没有这样的一节。其实,剧中人物米洛是一个普通的铁路工人,并不懂引经据典。《新约·马太福音》第5章第18节才有"我实在告诉你们:就是到天地都废去了,律法的一点一划也不能废去,都要成全"。

米洛

行了哥们，我要睡觉了……我们大家明天早晨六点钟都要起床，其实是五点四十五分，我要把你们都送回市里去

（他离开，下）

欧文

奇怪了

保罗

今天晚上我们睡哪儿？

巴克

我有睡袋就睡门外去，你们这些人就睡沙发上吧……（哈哈地笑）……我倦死了

保罗

你还有没有睡袋？

巴克

没有，睡袋没有了……你们这些人都去睡吧……你们说我跟米

洛忙了整整一天了他为什么还要打穿我的脑袋……他要我做的这些事情都做了主教一帮子人乱七八糟的事一大堆,为什么他还要这样干?

欧文

啊他只不过是要向你证明你是一个罪人有了主教他们你才有酒喝………………………………………………………………

巴克

哦……我不知道。今天是一个大喜日子,他第八场赛马赢了钱发了一点儿小财,我想象得出他心里很高兴……可是啊妈的 ,我要回西海岸去,我要回旧金山去。我就带这个睡袋上路你们知道这是为什么吗? 我清晨三点钟醒来的时候我不知道我身在何处我看到头顶的星星我发现我睡的是一间又大又亮的房间,真正的房间……我真的睡在那儿

欧文

什么样的旧房间我都行

巴克

唔,我要走了

保罗

(在沙发上蜷缩起身子)希望做个梦！可别感冒了，巴克，再等一等过来一下巴兄，再等一等，晚安大哥，握一下手，大哥

巴克

晚安，保罗兄弟……晚安，圣徒保罗

欧文

晚安，巴兄

巴克

晚安，欧文……我到外边去睡，你知道我屁股口袋里装的是什么，米洛的笛子……然后我要穿过荷兰隧道①上高速公路夹起尾巴到西部……

(巴克往外走去)

保罗

我要这条毯子。你要吗?

---

① 指纽约哈得孙河第一条车行隧道，1927 年开通。

欧文

不要，我这儿还有一条，关灯，我有点儿瞌睡了，我倦了

保罗

我也倦了……你觉得今晚的事怎么样欧文？

欧文

我不知道，我猜想没怎么样……我觉得，有意思

保罗

主教有意思，呃？

欧文

哦我累了！

保罗

明天，我们什么时候回纽约去？

欧文

哦米洛明天早晨五点三刻开车送我们回去

保罗

哦我看我要睡了

欧文

我们到时候非睡不可

保罗

没错欧文老哥，我现在就睡了

欧文

米洛已经睡着了，我听见他在打呼噜

保罗

我要不要进去到他老婆床上去睡?

欧文

(笑)没关系……以后

保罗

巴克现在已经睡着了对吗?

欧文

没有……听

（他们听到院子里有笛声）

巴克在星光下吹笛子

保罗

我弄不懂是为什么

欧文

一定是因为……他在努力弄懂这一切都意味着什么……到底这一切意味着什么，你知道……这世界就是那形式，这事只能这样说，唔？

保罗

唔……我想是这样。咱们打呼噜别打出声响来，唔？不要有声响

欧文

行

（笛子声起，幕落）

图书在版编目(CIP)数据

垮掉的一代/(美)凯鲁亚克(Kerouac, J.)著；
金绍禹译. —上海：上海译文出版社，2012.6(2024.11重印)
(译文经典)
书名原文：Beat Generation
ISBN 978 - 7 - 5327 - 5826 - 5

Ⅰ.①垮… Ⅱ.①凯… ②金… Ⅲ.①话剧—剧本—
美国—现代 Ⅳ.①I712.35

中国版本图书馆 CIP 数据核字(2012)第 099081 号

Jack Kerouac
Beat Generation
Copyright © 2005 John Sampas Literary Representative
This edition arranged with Sterling Lord Literistic, Inc.
through Andrew Nurnberg Associates International Limited
All rights reserved
图字：09 - 2006 - 140 号

垮掉的一代
[美] 杰克·凯鲁亚克 著 金绍禹 译
责任编辑/张 颖 装帧设计/张志全工作室

上海译文出版社有限公司出版、发行
网址：www.yiwen.com.cn
201101 上海市闵行区号景路 159 弄 B 座
山东临沂新华印刷物流集团有限责任公司印刷

开本 787×1092 1/32 印张 4.75 插页 5 字数 35,000
2012 年 6 月第 1 版 2024 年 11 月第 9 次印刷
印数：28,001 — 30,000 册

ISBN 978 - 7 - 5327 - 5826 - 5
定价：36.00 元